Eine Art zu lesen

Eine Art zu fliegen

GOYA

Du und ich und ich und du

Liebesgedichte

Illustriert von Franziska Harvey
Herausgegeben von Ulrich Maske

GOYA

In der hier vorliegenden Ausgabe werden die Texte in ihrem ursprünglichen Wortlaut wiedergegeben. Es sind lediglich vereinzelt leichte Anpassungen an die aktuelle Rechtschreibung und Interpunktion vorgenommen worden.

MIX
Papier aus verantwortungsvollen Quellen
FSC® C014138
FSC www.fsc.org

GOYA Verlag
1. Auflage 2024

Illustrationen: Franziska Harvey
Herausgegeben von Ulrich Maske
Redaktionelle Mitarbeit: Julia Berlin, Sophie Gawehn und Milena Schilasky
Grafische Bearbeitung: Hanna Wienberg
FINIDR, s.r.o., Lípová 1965,
737 01 Český Těšín, Tschechische Republik
ISBN 978-3 8337-4712-0

www.goyaverlag.de

Manche sagen, ein Heer von Reitern
Andere, das von Fußsoldaten
Wieder andere, Kriegsflotten
Seien das Schönste auf der schwarzen Erde
Ich aber sage, das wonach wir uns sehnen
in Liebe

Sappho

Inhaltsverzeichnis

Der Schmetterling ist in die Rose verliebt

Heinrich Heine

Der Schmetterling ist in die Rose verliebt,
Umflattert sie tausendmal,
Ihn selber aber, goldig zart,
Umflattert der liebende Sonnenstrahl.

Jedoch, in wen ist die Rose verliebt?
Das wüsst ich gar zu gern.
Ist es die singende Nachtigall?
Ist es der schweigende Abendstern?

Ich weiß nicht, in wen die Rose verliebt;
Ich aber lieb euch all:
Rose, Schmetterling, Sonnenstrahl,
Abendstern und Nachtigall.

Liebesanfang

Rainer Maria Rilke

O Lächeln, erstes Lächeln, unser Lächeln.
Wie war das Eines: Duft der Linden atmen,
Parkstille hören –, plötzlich in einander
aufschaun und staunen bis heran ans Lächeln.

In diesem Lächeln war Erinnerung
an einen Hasen, der da eben drüben
im Rasen spielte; dieses war die Kindheit
des Lächelns. Ernster schon war ihm des Schwanes
Bewegung eingegeben, den wir später
den Weiher teilen sahen in zwei Hälften
lautlosen Abends. – Und der Wipfel Ränder
gegen den reinen, freien, ganz schon künftig
nächtigen Himmel hatten diesem Lächeln
Ränder gezogen gegen die entzückte
Zukunft im Antlitz.

Erinnerung

Annette von Droste-Hülshoff

Ich denke dein im trauten Kreis der Freunde,
Ich denke dein in dem Gewühl der Schlacht,
Ich denke dein beim Neidgezisch der Feinde,
Und wenn die Felsenkluft vom Donner kracht.

Ich denke dein im finstern Stadtgewühle
Und in dem Tal, wo nur der Hirte pfeift,
Ich denke dein in sehnsuchtsvoller Stille
Und auf dem Feld, wo schon die Ähre reift.

Ich denke dein, ich sitze oder stehe,
Du schwebst, o Traute, überall um mich
Und, wenn in stiller Schwermut leis ich gehe,
Vergess ich alles, alles; nur nicht dich.

Mailied

Johann Wolfgang von Goethe

Wie herrlich leuchtet
Mir die Natur!
Wie glänzt die Sonne!
Wie lacht die Flur!

Es dringen Blüten
Aus jedem Zweig,
Und tausend Stimmen
Aus dem Gesträuch

Und Freud und Wonne
Aus jeder Brust.
O Erd'! o Sonne!
O Glück! o Lust!

O Lieb'! o Liebe!
So golden schön,
Wie Morgenwolken
Auf jenen Höhn!

Du segnest herrlich
Das frische Feld,
Im Blütendampfe
Die volle Welt!

O Mädchen, Mädchen,
Wie lieb' ich dich!
Wie blinkt dein Auge!
Wie liebst du mich!

So liebt die Lerche
Gesang und Luft,
Und Morgenblumen
Den Himmelsduft.

Wie ich dich liebe
Mit warmem Blut,
Die du mir Jugend
Und Freud' und Mut

Zu neuen Liedern
Und Tänzen gibst.
Sei ewig glücklich,
Wie du mich liebst!

Traumwandler

Georg Trakl

Wo bist du, die mir zur Seite ging,
Wo bist du, Himmelsangesicht?
Ein rauher Wind höhnt mir ins Ohr: du Narr!
Ein Traum! Ein Traum! Du Tor!
Und doch, und doch! Wie war es einst,
Bevor ich in Nacht und Verlassenheit schritt?
Weißt du es noch, du Narr, du Tor!
Meiner Seele Echo, der rauhe Wind:
O Narr! O Tor!
Stand sie mit bittenden Händen nicht,
Ein trauriges Lächeln um den Mund,
Und rief in Nacht und Verlassenheit!
Was rief sie nur! Weißt du es nicht?
Wie Liebe klang's. Kein Echo trug
Zu ihr zurück, zu ihr dies Wort.
War's Liebe? Weh, dass ich's vergaß!
Nur Nacht um mich und Verlassenheit,
Und meiner Seele Echo – der Wind!
Der höhnt und höhnt: O Narr! O Tor!

Die eine Klage

Karoline von Günderrode

Wer die tiefste aller Wunden
Hat in Geist und Sinn empfunden,
Bittrer Trennung Schmerz;
Wer geliebt, was er verloren,
Lassen muss was er erkoren,
Das geliebte Herz,

Der versteht in Lust die Tränen
Und der Liebe ewig Sehnen,
Eins in Zwei zu sein,
Eins im andern sich zu finden,
Dass der Zweiheit Grenzen schwinden
Und des Daseins Pein.

Wer so ganz in Herz und Sinnen
Konnt ein Wesen liebgewinnen,
O! den tröstet's nicht,
Dass für Freuden, die verloren,
Neue werden neu geboren:
Jene sind's doch nicht.

Das geliebte süße Leben,
Dieses Nehmen und dies Geben,
Wort und Sinn und Blick,
Dieses Suchen und dies Finden,
Dieses Denken und Empfinden
Gibt kein Gott zurück.

Abend

Wolfgang Borchert

Ein Pendel schwingt.
Die Lampe blinkt.
Im feuchten Meerwind singt
verliebt ein Nachtinsekt.
Von keinem Laut erschreckt
singt auch mein Herz.

Als du mich einst gefunden hast

Rainer Maria Rilke

Als du mich einst gefunden hast,
da war ich klein, so klein,
und blühte wie ein Lindenast
nur still in dich hinein.

Vor Kleinheit war ich namenlos
und sehnte mich so hin,
bis du mir sagst, dass ich zu groß
für jeden Namen bin:

Da fühl ich, dass ich eines bin
mit Mythe, Mai und Meer,
und wie der Duft des Weines bin
ich deiner Seele schwer …

Lotosblume

Heinrich Heine

Wahrhaftig, wir beide bilden
Ein kurioses Paar,
Die Liebste ist schwach auf den Beinen,
Der Liebhaber lahm sogar.

Sie ist ein leidendes Kätzchen,
Und er ist krank wie ein Hund,
Ich glaube, im Kopfe sind beide
Nicht sonderlich gesund.

Sie sei eine Lotosblume,
Bildet die Liebste sich ein;
Doch er, der blasse Geselle,
Vermeint der Mond zu sein.

Die Lotosblume erschließet
Ihr Kelchlein im Mondenlicht,
Doch statt des befruchtenden Lebens
Empfängt sie nur ein Gedicht.

Kann denn Liebe Sünde sein?

Bruno Balz

Kann die Liebe Sünde sein?
Darf es niemand wissen
Wenn man sich küsst
Wenn man einmal alles vergisst
Vor Glück?

Kann das wirklich Sünde sein
Wenn man immerzu an einen nur denkt
Wenn man einmal alles ihm schenkt
Vor Glück?

Niemals werde ich bereuen
Was ich tat
Und was aus Liebe geschah
Das musst du mir schon verzeihen
Dazu ist sie ja da!

Liebe kann nicht Sünde sein!
Auch wenn sie es wär'
Wär's mir egal
Lieber will ich sündigen mal
Als ohne Liebe sein!

Jeder kleine Spießer macht
Das Leben mir zur Qual
Denn er spricht nur immer von Moral
Und was er auch denkt und tut

Man merkt ihm leider an
Dass er niemand glücklich sehen kann
Sagt er dann:
»Zu meiner Zeit
Gab es so was nicht!«
Frag' ich voll Bescheidenheit
Mit lächelndem Gesicht:
»Kann die Liebe Sünde sein?
Darf es niemand wissen
Wenn man sich küsst
Wenn man einmal alles vergisst
Vor Glück?«

Kann das wirklich Sünde sein
Wenn man immerzu an einen nur denkt
Wenn man einmal alles ihm schenkt
Vor Glück? Niemals werde ich bereuen
Was ich tat
Und was aus Liebe geschah
Das musst du mir schon verzeihen
Dazu ist sie ja da!

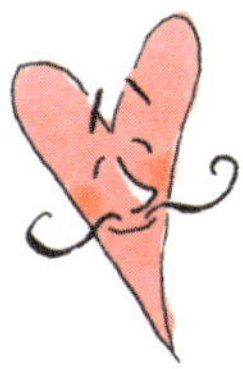

Liebe kann nicht Sünde sein
Auch wenn sie es wär'
So wär's mir egal
Lieber will ich sündigen mal
Als ohne Liebe sein!

Niemals werde ich bereuen
Was ich tat
Und was aus Liebe geschah
Das musst du mir schon verzeihen
Dazu ist sie ja da!

Liebe kann nicht Sünde sein
Auch wenn sie es wär'
So wär's mir egal
Lieber will ich sündigen mal
Als ohne Liebe sein!

An den Gralprinzen

Else Lasker-Schüler

Wenn wir uns ansehn
Blühn unsere Augen.

Und wie wir staunen
Vor unseren Wundern – nicht?
Und alles wird so süß.

Von Sternen sind wir eingerahmt
Und flüchten aus der Welt.

Ich glaube wir sind Engel.

Du und ich und ich und du

Ulrich Maske

Ich bin der bunte Vogel
Du bist der Fels in der Brandung
Habe ich immer gedacht
Aber nun bei meiner Landung
Plötzlich ganz andere Gedanken
Bist du der bunte Vogel?
Ich darf auf keinen Fall wanken
Bin ich jetzt der Fels in der Brandung?
Oder sind wir beide Felsen
Die nichts erschüttern kann?
Oder zwei bunte Vögel
Komm, wir fangen zu singen an!

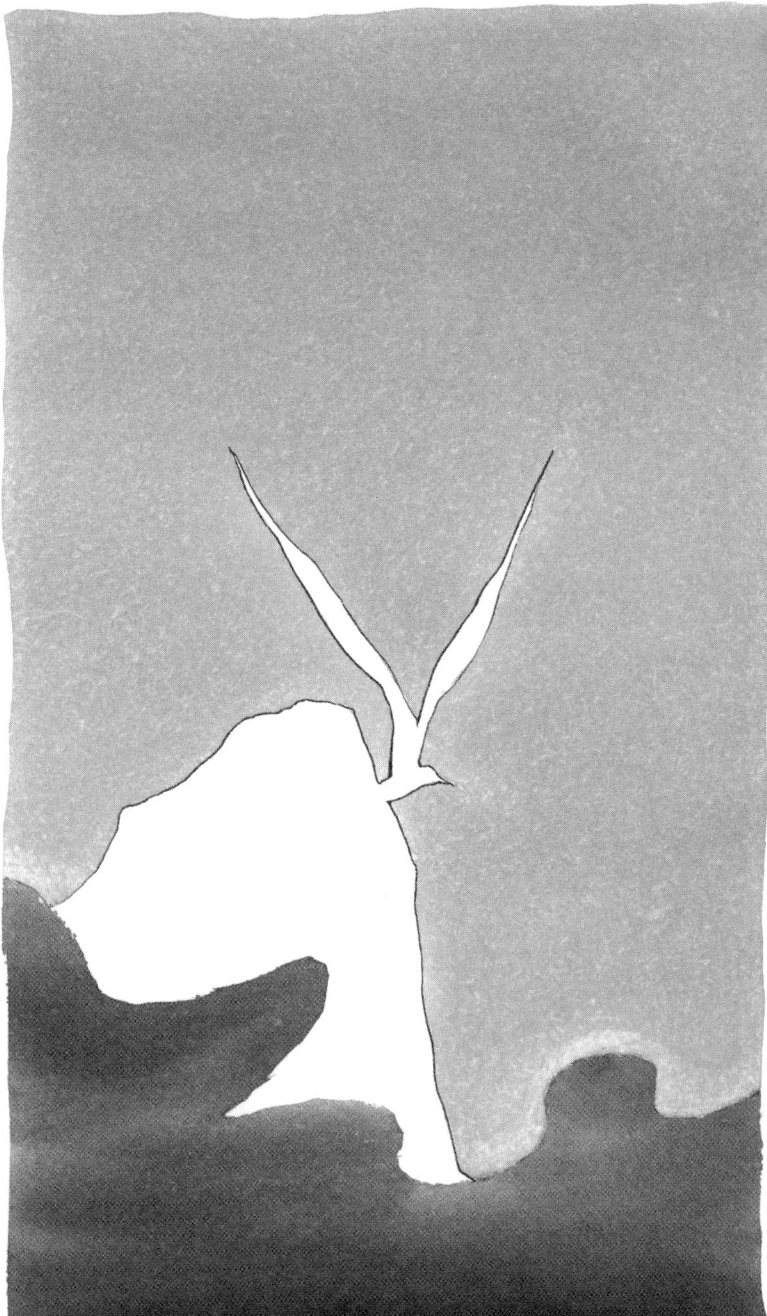

Ich wandle unter Blumen

Heinrich Heine

Ich wandle unter Blumen
Und blühe selber mit;
Ich wandle wie im Traume,
Und schwanke bei jedem Schritt.

O, halt mich fest, Geliebte!
Vor Liebestrunkenheit
Fall ich dir sonst zu Füßen,
Und der Garten ist voller Leut.

Der Fischer

Johann Wolfgang von Goethe

Das Wasser rauscht', das Wasser schwoll,
Ein Fischer saß daran,
Sah nach dem Angel ruhevoll,
Kühl bis ans Herz hinan.
Und wie er sitzt und wie er lauscht,
Teilt sich die Flut empor;
Aus dem bewegten Wasser rauscht
Ein feuchtes Weib hervor.

Sie sang zu ihm, sie sprach zu ihm:
»Was lockst du meine Brut
Mit Menschenwitz und Menschenlist
Hinauf in Todesglut?
Ach wüsstest du, wie's Fischlein ist
So wohlig auf dem Grund,
Du stiegst herunter, wie du bist,
Und würdest erst gesund.

Labt sich die liebe Sonne nicht,
Der Mond sich nicht im Meer?
Kehrt wellenatmend ihr Gesicht
Nicht doppelt schöner her?
Lockt dich der tiefe Himmel nicht,
Das feuchtverklärte Blau?
Lockt dich dein eigen Angesicht
Nicht her in ew'gen Tau?«

Das Wasser rauscht', das Wasser schwoll,
Netzt' ihm den nackten Fuß;
Sein Herz wuchs ihm so sehnsuchtsvoll,
Wie bei der Liebsten Gruß.
Sie sprach zu ihm, sie sang zu ihm;
Da war's um ihn geschehn:
Halb zog sie ihn, halb sank er hin,
Und ward nicht mehr gesehn.

An Anna Blume

Kurt Schwitters

Oh Du, Geliebte meiner 27 Sinne, ich liebe Dir!
Du, Deiner, Dich Dir, ich Dir, Du mir, - - - - wir?
Das gehört beiläufig nicht hierher!

Wer bist Du, ungezähltes Frauenzimmer, Du bist,
bist Du?
Die Leute sagen, Du wärest.
Lass sie sagen, sie wissen nicht, wie der Kirchturm steht.

Du trägst den Hut auf Deinen Füßen und wanderst auf
die Hände,
Auf den Händen wanderst Du.

Hallo, Deine roten Kleider, in weiße Falten zersägt,
Rot liebe ich Anna Blume, rot liebe ich Dir.
Du, Deiner, Dich Dir, ich Dir, Du mir, - - - - - wir?
Das gehört beiläufig in die kalte Glut!
Anna Blume, rote Anna Blume, wie sagen die Leute?

Preisfrage:

1.) Anna Blume hat ein Vogel,
2.) Anna Blume ist rot.
3.) Welche Farbe hat der Vogel?

Blau ist die Farbe Deines gelben Haares,
Rot ist das Girren Deines grünen Vogels.
Du schlichtes Mädchen im Alltagskleid,
Du liebes grünes Tier, ich liebe Dir!
Du Deiner Dich Dir, ich Dir, Du mir, – – – – wir!
Das gehört beiläufig in die – – – Glutenkiste.
Anna Blume, Anna, A – – – – N – – – – N – – – – A!
Ich träufle Deinen Namen.
Dein Name tropft wie weiches Rindertalg.
Weißt du es Anna, weißt Du es schon,
Man kann Dich auch von hinten lesen.
Und Du, Du Herrlichste von allen,
Du bist von hinten, wie von vorne:
A – – – – – N – – – – – – N – – – – – – A.
Rindertalg träufelt STREICHELN über meinen Rücken.
Anna Blume, du tropfes Tier, ich liebe Dir!

Ich hab im Traum geweinet

Heinrich Heine

Ich hab im Traum geweinet,
Mir träumte du lägest im Grab.
Ich wachte auf und die Träne
Floss noch von der Wange herab.

Ich hab im Traum geweinet,
Mir träumt' du verließest mich.
Ich wachte auf, und ich weinte
Noch lange bitterlich.

Ich hab im Traum geweinet,
Mir träumte du bliebest mir gut.
Ich wachte auf, und noch immer
Strömt meine Tränenflut.

Zweifel

Hilde Domin

Lieb ich einen andern
als dich
und den dein Umriss
fast ganz verdeckt?
Einen der deine
Augen hat und deinen
weichen Mund,
der so blass ist wie du
und so fern und verträumt,
so zärtlich wie eine Vogelfeder,
einen der gibt und nimmt
wie du, als du noch
an Wunder
glaubtest.

Es waren zwei Königskinder

Deutsche Volksballade

Es waren zwei Königskinder,
die hatten einander so lieb;
sie konnten zusammen nicht kommen,
das Wasser war viel zu tief.

»Ach Liebster, könntest du schwimmen,
so schwimm doch herüber zu mir!
Drei Kerzen will ich anzünden,
und die sollen leuchten dir.«

Das hört' ein falsches Nönnchen,
die tät, als wenn sie schlief;
sie tät die Kerzlein auslöschen,
der Jüngling ertrank so tief.

Es war an ein' Sonntagmorgen,
die Leut waren alle so froh,
nicht so die Königstochter,
ihr' Augen saßen ihr zu.

»Ach Mutter, herzliebste Mutter,
mir tut der Kopf so weh.
Ich möchte spazieren gehen
wohl an der blauen See.«

»Ach Tochter, herzliebste Tochter,
allein sollst du nicht gehn,
weck auf deinen jüngsten Bruder,
und der soll mit dir gehn.«

»Ach Mutter, herzliebste Mutter,
mein Bruder ist noch ein Kind,
der schießt ja all die Vöglein,
die auf Grünheide sind.«

»Ach Tochter, herzliebste Tochter,
allein sollst du nicht gehn,
weck auf deine jüngste Schwester,
und die soll mit dir gehn.«

»Ach Mutter, herzliebste Mutter,
meine Schwester ist noch ein Kind,
sie pflückt ja all die Blümlein,
die auf Grünheide sind.«

Die Mutter ging zur Kirche,
die Tochter hielt ihren Gang.
Sie ging so lang spazieren,
bis sie den Fischer fand.

»Ach Fischer, liebster Fischer,
willst du dir verdienen groß Lohn,
so wirf dein Netz ins Wasser
und fisch mir den Königssohn.«

Was zog sie von ihrem Finger,
ein Ringlein von Gold so rot,
»sieh da, wohledler Fischer,
kauf deinen Kindern Brot.«

Der Fischer warf seine Netze,
er warf sie bis auf den Grund,
er fischte und fischte so lange,
bis er den Königssohn fand.

Den schloss sie in ihre Arme
und küsste ihn auf den Mund,
»ach, Mündlein, könntest du sprechen,
so wär mein jung Herz gesund.«

Was nahm sie von ihrem Haupte?
Die goldene Königskron',
»sieh da, wohledler Fischer,
hier hast du deinen Lohn.«

Sie schwang sich um ihren Mantel
und sprang wohl in die See,
»leb wohl, lieb Vater und Mutter,
ihr seht mich nimmermehr.«

Da hört' man Glöckchen läuten,
da hört' man Jammer und Not.
Hier liegen zwei Königskinder,
sind alle beide tot.

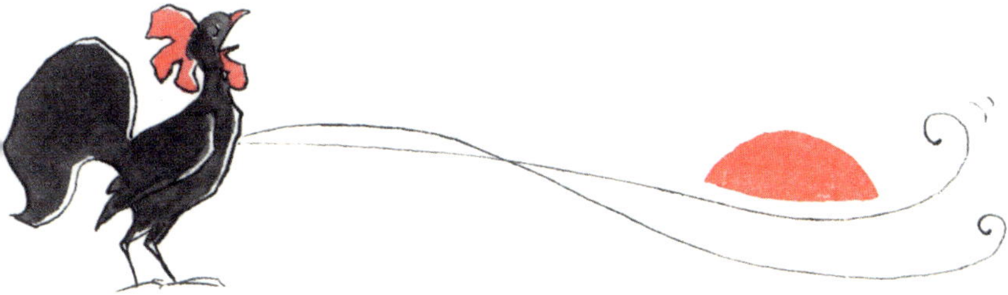

Dat du min Leevsten büst

Volksmund

Dat du min Leevsten büst, dat du woll weeßt.
Kumm bi de Nacht, kumm bi de Nacht, segg wo du heeßt;
kumm bi de Nacht, kumm bi de Nacht, segg wo du heeßt.

Kumm du üm Middernacht, kumm du Klock een!
Vader slöpt, Moder slöpt, ick slap aleen;
Vader slöpt, Moder slöpt, ick slap aleen.

Klopp an de Kammerdör, fat an de Klink!
Vader meent, Moder meent, dat deit de Wind;
Vader meent, Moder meent, dat deit de Wind.

Kummt denn de Morgenstund, kreiht de ol Hahn.
Leevster min Leevster min, denn mößt du gahn!
Leevster min Leevster min, denn mößt du gahn!

Sachen den Gang henlank, lies mit de Klink!
Vader meent, Moder meent, dat deit de Wind;
Vader meent, Moder meent, dat deit de Wind.

Sonett in Dur

Mascha Kaléko

Ich frage mich in meinen stillen Stunden,
Was war das Leben, Liebster, eh du kamst
Und mir die Schatten von der Seele nahmst.
Was suchte ich, bevor ich dich gefunden?

Wie war mein Gestern, such ich zu ergründen,
Und sieh, ich weiß es nur noch ungefähr,
So ganz umbrandet mich das Jetzt, dies Meer,
In das die besten meiner Träume münden.

Vergaß ich doch, wie süß die Vögel sangen,
Noch eh du warst, der Jahre buntes Kleid.
Mir blieb nur dies von Zeiten, die vergangen:
Die weißen Winter und die Einsamkeit

Sie warten meiner, lässt du mich allein.
Und niemals wieder wird es Frühling sein.

Schauder
Christian Morgenstern

Jetzt bist du da, dann bist du dort.
Jetzt bist du nah, dann bist du fort.
Kannst du's fassen? Und über eine Zeit
gehen wir beide die Ewigkeit
dahin—dorthin. Und was blieb? ...
Komm, schließ die Augen, und hab mich lieb!

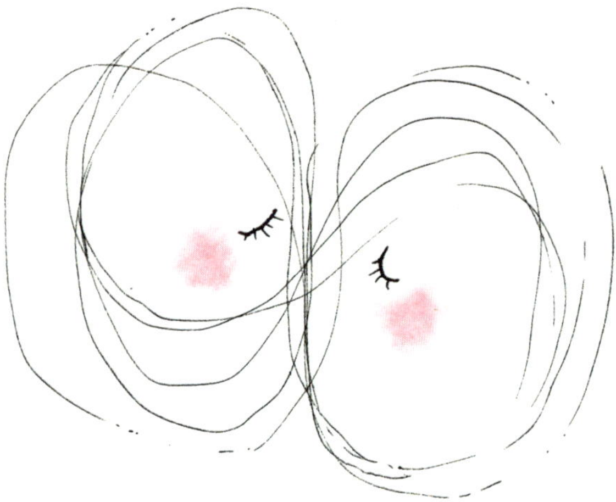

Im wunderschönen Monat Mai

Heinrich Heine

Im wunderschönen Monat Mai,
Als alle Knospen sprangen,
Da ist in meinem Herzen
Die Liebe aufgegangen.

Im wunderschönen Monat Mai,
Als alle Vögel sangen,
Da hab ich ihr gestanden
Mein Sehnen und Verlangen.

Das Flügelross

Joseph von Eichendorff

Ich hab' nicht viel hienieden,
Ich hab' nicht Geld noch Gut;
Was vielen nicht beschieden,
Ist mein: – der frische Mut.

Was andre mag ergötzen,
Das kümmert wenig mich,
Sie leben in den Schätzen,
In Freuden lebe ich.

Ich hab' ein Ross mit Flügeln,
Getreu in Lust und Not,
Das wiehernd spannt die Flügel
Bei jedem Morgenrot.

Mein Liebchen! wie so öde
Wird's oft in Stadt und Schloss,
Frisch auf und sei nicht blöde,
Besteig' mit mir mein Ross!

Wir segeln durch die Räume,
Ich zeig' dir Meer und Land,
Wie wunderbare Träume
Tief unten ausgespannt.

Hellblinkend zu den Füßen
Unzähl'ger Ströme Lauf —
Es steigt ein Frühlingsgrüßen
Verhallend zu uns auf.

Und bunt und immer wilder
In Liebe, Hass und Lust
Verwirren sich die Bilder —
Was schwindelt dir die Brust?

So fröhlich tief im Herzen,
Zieh' ich all' himmelwärts,
Es kommen selbst die Schmerzen
Melodisch an das Herz.

Der Sänger zwingt mit Klängen
Was störrig, dumpf und wild,
Es spiegelt in Gesängen
Die Welt sich göttlich mild.

Und unten nun verbrauset
Des breiten Lebens Strom,
Der Adler einsam hauset
Im stillen Himmelsdom. —

Und sehn wir dann den Abend
Verhallen und verblühn,
Im Meere, kühle labend,
Die heil'gen Sterne glühn:

So lenken wir hernieder
Zu Waldes grünem Haus,
Und ruhn vom Schwung der Lieder
Auf blüh'ndem Moose aus.

O sterndurchwebtes Düstern,
O heimlich stiller Grund!
O süßes Liebesflüstern
So innig Mund an Mund!

Die Nachtigallen locken,
Mein Liebchen atmet lind,
Mit Schleier zart und Locken
Spielt buhlerisch der Wind.

Und schlaf' denn bis zum Morgen
So sanft gelehnt an mich!
Süß sind der Liebe Sorgen,
Dein Liebster wacht für dich.

Ich halt' die blüh'nden Glieder,
Vor süßen Schauern bang,
Ich lass dich ja nicht wieder
Mein ganzes Leben lang! —

Aurora will sich heben,
Du schlägst die Augen auf,
O wonniges Erbeben,
O schöner Lebenslauf! —

Bauernregel

Ludwig Uhland

Im Sommer such ein Liebchen dir
In Garten und Gefild!
Da sind die Tage lang genug,
Da sind die Nächte mild.

Im Winter muss der süße Bund
Schon fest geschlossen sein,
So darfst nicht lange stehn im Schnee
Bei kaltem Mondenschein.

Ich und Du

Mascha Kaléko

Ich und Du wir waren ein Paar
Jeder ein seliger Singular
Liebten einander als Ich und als Du
Jeglicher Morgen ein Rendezvous
Ich und Du wir waren ein Paar
Glaubt man es wohl an die vierzig Jahr
Liebten einander in Wohl und in Wehe
Führten die einzig mögliche Ehe
Waren so selig wie Wolke und Wind
Weil zwei Singulare kein Plural sind

Es haben unsre Herzen

Heinrich Heine

Es haben unsre Herzen
Geschlossen die heilge Allianz;
Sie lagen fest aneinander,
Und sie verstanden sich ganz.

Ach, nur die junge Rose,
Die deine Brust geschmückt,
Die arme Bundesgenossin,
Sie wurde fast zerdrückt.

Deine Stube mit den kühlen Rosen

Rainer Maria Rilke

Deine Stube mit den kühlen
Rosen in den vielen Vasen,
drinnen wir in tiefen Stühlen
lehnten, leise Lieder lasen –
und mein Auge sehnte zag:

ist die einsame Kapelle,
welche Zuflucht mir bedeutet;
warten will ich an der Schwelle,
bis mir deine Stimme läutet
meinen Lebensfeiertag.

Blaue Augen

Ulrich Maske

Ich hab mir immer blaue Augen gewünscht
Ein tiefes Blau, so wie die See
Oder braune wie Samt und Seide
Mit sanftem Blick, so wie ein Reh
Doch sie sind grün, schon von Geburt
Weiß noch genau
Eins war mal blau
Das war nicht schön
Hab ein paar Tage nichts geseh'n
Und manchmal sind sie beide rot
Dann sind sie nicht mit mir im Lot
Bald sind sie wieder grün mit mir
Und blicken sehnsuchtsvoll zu dir
Warum sind meine grün
Und nicht so schön wie deine?
Das frag ich mich, und dann denk ich
Ich hab ja dich

Trinken

Friederike Mayröcker

trinken kann ich dich nicht
und möchte dich doch austrinken mit meinem Mund
weil mich so dürstet nach dir

suchen kann ich dich nicht
und möchte doch fliegen über die ganze Erde
dass ich bei dir bin

betten kann ich dich nicht
und möchte doch schlafen in Schnee und Wind
dass mein Lager frei sei für dich

träumen kann ich dich nicht
und möchte doch träumen am hellen Tag
dass ich dich wieder sehe

Es ist besser so

Joachim Ringelnatz

Es ist besser so.
Reich mir die Hand. Wir wollen froh
Und lachend voneinander gehn.

Wir würden uns vielleicht nach Jahren
Nicht mehr so gut wie heut verstehn.
So lass uns bis auf Wiedersehn
Ein reines, treues Bild bewahren.
Du wirst in meiner Seele lesen,
Wie mich ergreift dies harte Wort.
Doch unsre Freundschaft dauert fort.
Und ist kein leerer Traum gewesen,
Aus dem wir einst getäuscht erwachen.
Nun weine nicht; wir wollen froh
Noch einmal miteinander lachen. –
Es ist besser so.

Sehnsucht

Else Lasker-Schüler

Mein Liebster, bleibe bei mir die Nacht.
Ich fürchte mich vor den dunklen Lüften.
Ich hab so viel Schmerzliches durchgemacht
Und Erinnerung steigt aus den Totengrüften.
Ich fürchte mich vor dem Heulen der Stürme
Und dem Glockengeläute der Kirchentürme
Vor all den Tränen, die heimlich fließen
Und sich über meine Sehnsucht ergießen.

Leg deinen Arm um meinen Leib,
Du musst ihn wie dein Kind umfassen. –
Ich seh im Geiste ein junges Weib –
Das Weib bin ich – von Gott verlassen –
Mein Liebster, erzähle von heiteren Dingen!
Und ein Lied von Maienlust musst du singen!
Und herzige Worte und schmeichelnde sagen .....
Damit sie die Raben des Schicksals verjagen.

Mein Liebster, siehst du die bleichen Gespenster?
Von mitternächtlichen Wolken getragen .....
Sie klopfen deutlich ans Erkerfenster.
Ein Sterbender will »Lebewohl« mir sagen.
Ich möchte ihm Blüten vom Lebensbaum pflücken ...
Und die Schlingen zerreißen, die mich erdrücken!
Mein Liebster, küsse, – küss mich in Gluten
Und lass deinen Jubelquell über mich fluten!

Wenn der Mond mit großer Sehnsucht

Ulrich Maske

Wenn der Mond mit großer Sehnsucht
Sich mit blasser Stirne umsieht
Nach der Sonne, die schon
Über alle Berge vor der Nacht flieht
Dann bekommt der gute alte
Mond noch eine Sorgenfalte

Will die Nacht in schwarzer Seide
Von dem Tag ein Abendküsschen
Ist der Tag schon viel zu müde
Und er murmelt noch ein bisschen:
Liebe Nacht, ich schenk dir Rosen
Lass uns lieber morgen kosen

Komm, mein Schatz, komm her zu mir
Nimm diese Decke, diese warme
Musst nicht suchen, musst nicht frieren
Ich nehm dich in meine Arme
Sonnentage oder Mondschein
Ich will immer für dich da sein

Für Gabi

Du

Ricarda Huch

Seit du mir ferne bist,
Hab' ich nur Leid,
Weiß ich was Sehnsucht ist
Und freudlose Zeit.

Ich hab' an dich gedacht
Ohn' Unterlass
Und weine jede Nacht
Nach dir mein Kissen nass.

Und schließt mein Auge zu
Des Schlafes Band,
So wähn' ich, das tust du
Mit deiner weichen Hand.

Abschied

Hugo Ball

Sag mir, dass du dich im Föhnwind sehnst
Und dass du trauern würdest,
Wenn ich ginge.
Sag mir, dass diese Tage schön sind
Und dass du weinen wirst,
Wenn ich nicht singe.

Sag mir, dass du dem Leben gut bist.
Sag meiner Stimme,
Dass sie nie verwehe ...
Und dass du heiter und voll frohen Mut bist,
Auch wenn ich lange Zeit
Dich nicht mehr sehe.

Sag mir, dass ich ein töricht Kind bin,
Und streichle mich, wie eine junge Meise.
Sag mir, dass ich zu dir zurückfind,
Auch wenn die Nächte dunkel sind,
Durch die ich reise.

Die Begegnung

Friedrich Schiller

Noch seh' ich sie – umringt von ihren Frauen,
Die herrlichste von allen, stand sie da;
Wie eine Sonne war sie anzuschauen,
Ich stand von fern und wagte mich nicht nah.
Es fasste mich mit wollustvollem Grauen,
Als ich den Glanz vor mir verbreitet sah;
Doch schnell, als hätten Flügel mich getragen,
Ergriff es mich, die Saiten anzuschlagen.

Was ich in jenem Augenblick empfunden,
Und was ich sang, vergebens sinn' ich nach;
Ein neu Organ hatt' ich in mir gefunden,
Das meines Herzens heil'ge Regung sprach;
Die Seele war's, die Jahre lang gebunden,
Durch alle Fesseln jetzt auf einmal brach
Und Töne fand in ihren tiefsten Tiefen,
Die ungeahnt und göttlich in ihr schliefen.

Und als die Saiten lange schon geschwiegen,
Die Seele endlich mir zurücke kam,
Da sah ich in den engelgleichen Zügen
Die Liebe ringen mit der holden Scham,
Und alle Himmel glaubt ich zu erfliegen,
Als ich das leise, süße Wort vernahm –
O droben nur in sel'ger Geister Chören
Werd' ich des Tones Wohllaut wieder hören!

»Das treue Herz, das trostlos sich verzehrt
Und still bescheiden nie gewagt zu sprechen –
Ich kenne den ihm selbst verborgnen Wert;
Am rohen Glück will ich das Edle rächen.
Dem Armen sei das schönste Los beschert,
Nur Liebe darf der Liebe Blume brechen.
Der schönste Schatz gehört dem Herzen an,
Das ihn erwidern und empfinden kann.«

Magere Kost

Hilde Domin

Ich lege mich hin,
ich esse nicht und ich schlafe nicht,
ich gebe meinen Blumen
kein Wasser.
Es lohnt nicht den Finger zu heben.
Ich erwarte nichts.

Deine Stimme, die mich umarmt hat,
es ist viele Tage her,
ich habe jeden Tag
ein kleines Stück von ihr gegessen,
ich habe viele Tage
von ihr gelebt.
Bescheiden wie die Tiere der Armen
die am Wegrand
die schütteren Halme zupfen
und denen nichts gestreut wird.

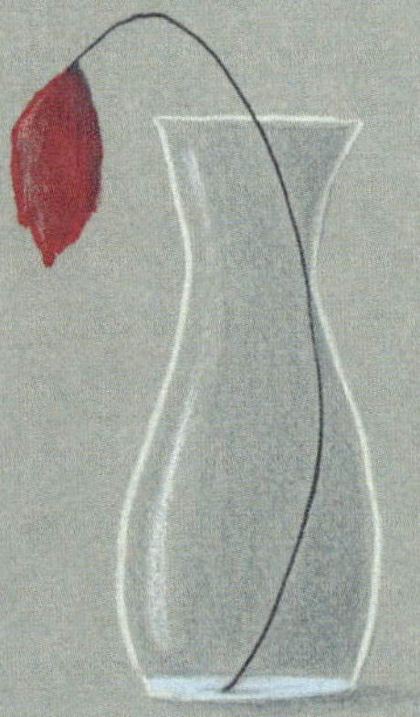

So wenig, so viel
wie die Stimme,
die mich in den Arm nimmt,
musst du mir lassen.
Ich atme nicht
ohne die Stimme.

Nicht alle Schmerzen

Ricarda Huch

Nicht alle Schmerzen sind heilbar, denn manche
schleichen
Sich tiefer und tiefer ins Herz hinein,
Und während Tage und Jahre verstreichen,
Werden sie Stein.

Du sprichst und lachst, wie wenn nichts wäre,
Sie scheinen zerronnen wie Schaum.
Doch du spürst ihre lastende Schwere
Bis in den Traum.

Der Frühling kommt wieder mit Wärme und Helle,
Die Welt wird ein Blütenmeer.
Aber in meinem Herzen ist eine Stelle,
Da blüht nichts mehr.

Den Pessimisten

Hugo von Hofmannsthal

Solang uns Liebe lockt mit Lust und Plagen,
Solang Begeist'rung wechselt und Verzagen,
Solange wird auf Erden nicht die Zeit,
Die schreckliche, die dichterlose tagen:
Solang in tausend Formen Schönheit blüht,
Schlägt auch ein Herz, zu singen und zu sagen,
Solang das Leid, das ew'ge, uns umflicht,
Solange werden wirs in Tönen klagen
Und es erlischt erst dann der letzte Traum,
Wenn er das letzte Herz zu Gott getragen!

Erklär mir, Liebe!

Ingeborg Bachmann

Dein Hut lüftet sich leis, grüßt, schwebt im Wind,
dein unbedeckter Kopf hat's Wolken angetan,
dein Herz hat anderswo zu tun,
dein Mund verleibt sich neue Sprachen ein,
das Zittergras im Land nimmt überhand,
Sternblumen bläst der Sommer an und aus,
von Flocken blind erhebst du dein Gesicht,
du lachst und weinst und gehst an dir zugrund,
was soll dir noch geschehen –

Erklär mir, Liebe!

Der Pfau, in feierlichem Staunen, schlägt sein Rad,
die Taube schlägt den Federkragen hoch,
vom Gurren überfüllt, dehnt sich die Luft,
der Entrich schreit, vom wilden Honig nimmt
das ganze Land, auch im gesetzten Park
hat jedes Beet ein goldner Staub umsäumt.

Der Fisch errötet, überholt den Schwarm
und stürzt durch Grotten ins Korallenbett.
Zur Silbersandmusik tanzt scheu der Skorpion.
Der Käfer riecht die Herrlichste von weit;
hätt ich nur seinen Sinn, ich fühlte auch,
dass Flügel unter ihrem Panzer schimmern,
und nähm den Weg zum fernen Erdbeerstrauch!

Erklär mir, Liebe!

Wasser weiß zu reden,
die Welle nimmt die Welle an der Hand,
im Weinberg schwillt die Traube, springt und fällt.
So arglos tritt die Schnecke aus dem Haus!

Ein Stein weiß einen andern zu erweichen!

Erklär mir, Liebe, was ich nicht erklären kann:
sollt ich die kurze schauerliche Zeit
nur mit Gedanken Umgang haben und allein
nichts Liebes kennen und nichts Liebes tun?
Muss einer denken? Wird er nicht vermisst?

Du sagst: es zählt ein andrer Geist auf ihn ...
Erklär mir nichts. Ich seh den Salamander
durch jedes Feuer gehen.
Kein Schauer jagt ihn, und es schmerzt ihn nichts.

An Dich

Wolfgang Borchert

Ich gebe Dir mein dunkles Herz –
Du gibst Dein helles mir zurück.
Ich geb Dir Leid und geb Dir Schmerz –
Du gibst mir Glück.

Ich liebe Dich und tu Dir weh
mit jedem Blick.
Du aber gibst das Leid
als Lust zurück.

Ich gebe Dir nur Halbes hin
von meinem flüchtigen Geschick.
Du gibst wie eine Königin
und schenkst Dich ganz zurück.

Heute sah ichs früh, das Graue an den Schläfen

Rainer Maria Rilke

Heute sah ichs früh, das Graue an den Schläfen
und dicht am Mund den unbedingten Zug.
Du, die noch Kind war, wenn wir jetzt uns träfen,
wär dir mein Herz noch Herz genug?

Da gingen wir auf diesem Wiesenpfade
an dem Spalier, das schon von Bienen summt,
und was mich sanft vertröstet, wäre Gnade,
und Sprache wär, was nun in mir verstummt.

Erschiene dir mein Lächeln väterlicher,
nur, weil es dich so lang erwartet hat?
Wäre es dir neu? Ach ja, so lächelt sicher
nicht einer deiner Freunde in der Stadt.

– Nimm es wie Landschaft, würd ich sagen, kehre
dich nicht daran, dass es dich überwiegt –

………………………………………………………………

Du, die noch Kind war, dass ich dich entbehre,
ist das mein Sieg? Ists das, was mich besiegt?

Willkommen und Abschied

Johann Wolfgang von Goethe

Es schlug mein Herz; geschwind, zu Pferde!
Es war getan fast eh' gedacht;
Der Abend wiegte schon die Erde,
Und an den Bergen hing die Nacht:
Schon stand im Nebelkleid die Eiche,
Ein aufgetürmter Riese, da,
Wo Finsternis aus dem Gesträuche
Mit hundert schwarzen Augen sah.

Der Mond von einem Wolkenhügel
Sah kläglich aus dem Duft hervor,
Die Winde schwangen leise Flügel,
Umsaus'ten schauerlich mein Ohr;
Die Nacht schuf tausend Ungeheuer;
Doch frisch und fröhlich war mein Mut:
In meinen Adern welches Feuer!
In meinem Herzen welche Glut!

Dich sah ich, und die milde Freude
Floss von dem süßen Blick auf mich;
Ganz war mein Herz an deiner Seite,
Und jeder Atemzug für dich.
Ein rosenfarbnes Frühlingswetter
Umgab das liebliche Gesicht,
Und Zärtlichkeit für mich - Ihr Götter!
Ich hofft' es, ich verdient' es nicht!

Doch ach! schon mit der Morgensonne
Verengt der Abschied mir das Herz:
In deinen Küssen, welche Wonne!
In deinem Auge, welcher Schmerz!
Ich ging, du standst und sahst zur Erden,
Und sahst mir nach mit nassem Blick:
Und doch, welch Glück, geliebt zu werden!
Und lieben, Götter, welch ein Glück!

Wir Beide

Else Lasker-Schüler

Der Abend weht Sehnen aus Blütensüße,
Und auf den Bergen brennt wie Silberdiamant der Reif,
Und Engelköpfchen gucken überm Himmelstreif,
Und wir Beide sind im Paradiese.

Und uns gehört das ganze bunte Leben,
Das blaue, große Bilderbuch mit Sternen,
Mit Wolkentieren, die sich jagen in den Fernen
Und hei! die Kreiselwinde, die uns drehn und heben!

Der liebe Gott träumt seinen Kindertraum
Vom Paradies – von seinen zwei Gespielen,
Und große Blumen sehn uns an von Dornenstielen ....

Die düstre Erde hing noch grün am Baum.

Wenn ich bei meiner Liebsten bin

Heinrich Heine

Wenn ich bei meiner Liebsten bin
Dann geht das Herz mir auf
Dann dünk ich mich reich in meinem Sinn
Und frag: ob die Welt zu Kauf?

Doch wenn ich wieder scheiden tu
Aus ihrem Schwanenarm
Dann geht das Herz mir wieder zu
Und ich bin bettelarm.

Geheimnisse

Ulrich Maske

Ich liebe deine Augen
Der Himmel spiegelt sich in ihnen wie im Meer
Ich liebe deine stolze Stirn
Und deine kühne Nase, immer vorn im frischen Wind
Ich liebe deinen Mund, der zu mir spricht, der mit mir schweigt, mir Küsse schenkt
Ich liebe dein Haar, es schimmert wie ein Kornfeld in der Morgensonne
Deine Hände, die mich begreifen, deine Arme, die mich umfangen
Deine Beine, die dich zu mir tragen und manchmal in mein Land der Fantasie
Ich liebe deinen Rücken, wenn du voranschreitest
Ich liebe deine seidene Haut
Und deine sanften Hügel
Ich liebe unsere Gedanken
Und unsere Geheimnisse
Pssst!

Die alten, bösen Lieder

Heinrich Heine

Die alten, bösen Lieder,
Die Träume schlimm und arg,
Die lasst uns jetzt begraben,
Holt einen großen Sarg.

Hinein leg ich gar manches,
Doch sag ich noch nicht was;
Der Sarg muss sein noch größer
Wie's Heidelberger Fass.

Und holt eine Totenbahre,
Von Brettern fest und dick;
Auch muss sie sein noch länger
Als wie zu Mainz die Brück.

Und holt mir auch zwölf Riesen,
Die müssen noch stärker sein
Als wie der heil'ge Christoph
Im Dom zu Köln am Rhein.

Die sollen den Sarg forttragen,
Und senken ins Meer hinab,
Denn solchem großen Sarge
Gebührt ein großes Grab.

Wisst ihr warum der Sarg wohl
So groß und schwer mag sein?
Ich legt auch meine Liebe
Und meinen Schmerz hinein.

Liebeslied

Wolfgang Borchert

Weil nun die Nacht kommt,
bleib ich bei dir.
Was ich dir sein kann,
gebe ich dir!

Frage mich niemals:
woher und wohin -
nimm meine Liebe,
nimm mich ganz hin!

Sei eine Nacht lang
zärtlich zu mir.
Denn eine Nacht nur
bleib ich bei dir.

Nacht lag auf meinen Augen

Heinrich Heine

Nacht lag auf meinen Augen,
Blei lag auf meinem Mund,
Mit starrem Hirn und Herzen
Lag ich im Grabesgrund.

Wie lang, kann ich nicht sagen,
Dass ich geschlafen hab;
Ich wachte auf und hörte
Wie's pochte an mein Grab.

»Willst du nicht aufstehn, Heinrich?
Der ew'ge Tag bricht an,
Die Toten sind erstanden,
Die ew'ge Lust begann.«

Mein Lieb, ich kann nicht aufstehn,
Bin ja noch immer blind;
Durch Weinen meine Augen
Gänzlich erloschen sind.

»Ich will dir küssen, Heinrich,
Vom Auge fort die Nacht;
Die Engel sollst du schauen,
Und auch des Himmels Pracht.«

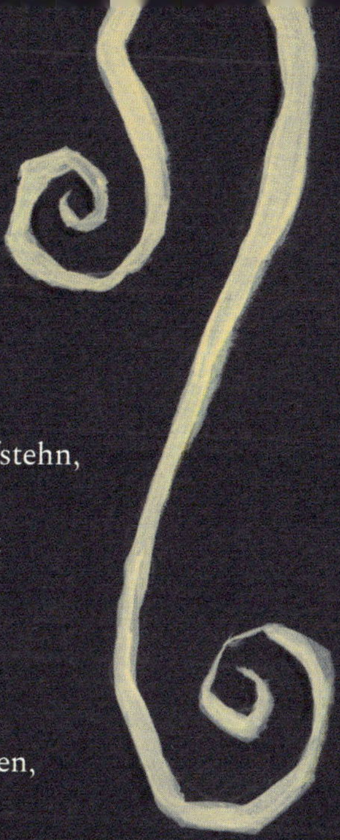

Mein Lieb, ich kann nicht aufstehn,
Noch blutet's immerfort,
Wo du ins Herz mich stachest
Mit einem spitz'gen Wort.

»Ganz leise leg ich, Heinrich,
Dir meine Hand aufs Herz;
Dann wird es nicht mehr bluten,
Geheilt ist all sein Schmerz.«

Mein Lieb, ich kann nicht aufstehn,
Es blutet auch mein Haupt;
Hab ja hinein geschossen,
Als du mir wurdest geraubt.

»Mit meinen Locken, Heinrich,
Stopf ich des Hauptes Wund,
Und dräng zurück den Blutstrom,
Und mache dein Haupt gesund.«

Es bat so sanft, so lieblich,
Ich konnt nicht widerstehn;
Ich wollte mich erheben,
Und zu der Liebsten gehn.

Da brachen auf die Wunden,
Da stürzt' mit wilder Macht
Aus Kopf und Brust der Blutstrom,
Und sieh! – ich bin erwacht.

Zwischen zwei Straßenbahnen

Franz Josef Degenhardt

Sie trafen sich zwischen zwei Straßenbahnen,
Linie elf und Linie zehn.
Es regnete in Neonfarben,
der Schaffner sang, sie blieben steh'n.

Und küssten sich und sagten ihren Namen,
die waren kurz wie Warenzeichen.
Ein roter Schal verglomm im Nebel,
der Schaffner sang und stellte Weichen.

Sie waren jung und verstanden das meiste
und mieteten zwei Zimmer mit Bad,
einer Veranda aus buntem Glas
und einer Garage in der Stadt.

Und wollten ein Kind, doch es wurde ein Auto
Mit Radio und Schiebedach.
Das verbrauchte sein ganzes Gehalt als
Angestellter einer Versicherungsanstalt.

Und da ging sie zu ihrem früheren Chef,
einem reichen Mann mit guten Manieren,
kreislaufgestört, ein Sportwagenfan,
diesen Mann tat sie verführen.

Und bekamen noch ein Auto für sie
mit Radio und Schiebedach.
Das verbrauchte ihr ganzes Gehalt,
für dreißig Nächte im voraus bezahlt.

Sie trennten sich zwischen zwei Straßenbahnen,
Linie elf und Linie zehn.
Es regnete in Neonfarben,
der Schaffner sang nur aus Versehn.

Liebe

Else Lasker-Schüler

Weißt du, dass du gefesselt liegst
In meiner wilden Phantasie ...
Damit du mich mit Küssen besiegst
In den schwarzen Nächten, in der Dämm'rung früh.

Weißt du, wo die Anemonen stehn
Rotfunkelnd, wie ein Feuermeer ...
Ich hab' zu tief in die Kelche gesehn
Und lasse die Sünde nimmermehr.

Und wäre sie noch so tränenreich –
Und stürbst du in meiner sengenden Glut ...
Meine Hölle verbirgt dein Himmelreich,
Und zerschmelzen sollst du in meinem Blut.

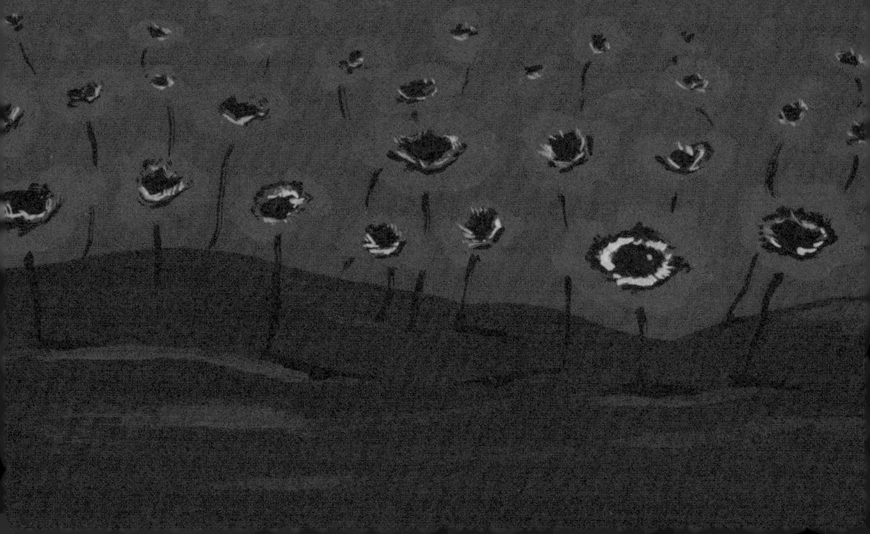

Der Kuss

Wolfgang Borchert

Es regnet – doch sie merkt es kaum,
weil noch ihr Herz vor Glück erzittert:
Im Kuss versank die Welt im Traum.
Ihr Kleid ist nass und ganz zerknittert

und so verächtlich hochgeschoben,
als wären ihre Knie für alle da.
Ein Regentropfen, der zu Nichts zerstoben,
der hat gesehn, was niemand sonst noch sah.

So tief hat sie noch nie gefühlt –
so sinnlos selig müssen Tiere sein!
Ihr Haar ist wie zu einem Heiligenschein zerwühlt –
Laternen spinnen sich drin ein.

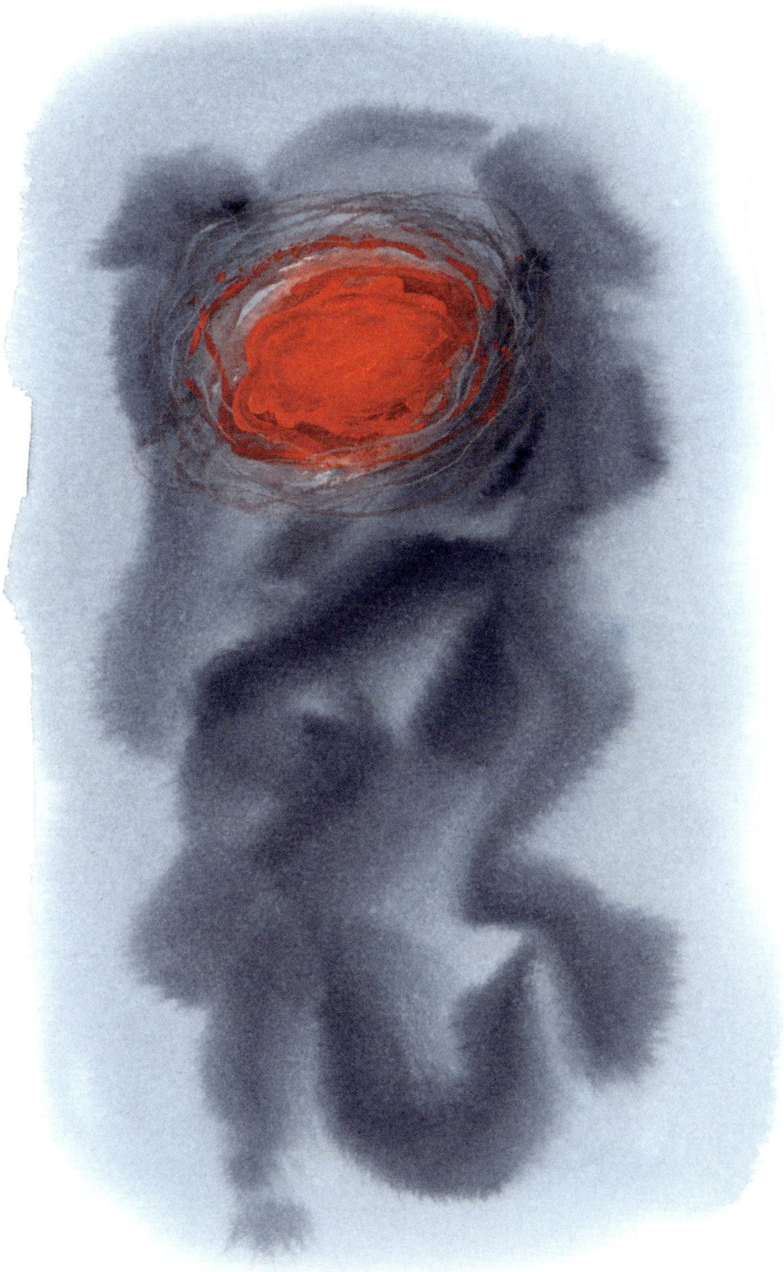

Abschied

Gertrud Kolmar

Weil der Sommer Rosen bringt,
Bringt der Winter Schnee;
Weil ich meine Freude trag',
Trag' ich auch mein Weh.

Hätt' den Hut auf deinem Kopf
Niemals ich geseh'n,
Wüsst' ich auch nicht wie der Helm
Deiner Stirn möcht' stehn.

Und wenn nie solch wilder Bursch
Zu mir kommen wär',
Fiele deinem Mädchen heut'
Auch kein Scheiden schwer.

Huscht ein Tränchen mir vom Aug',
Ist's, weil eins mich reut:
Dass wir nicht genug geküsst,
Das schmerzt mich noch heut.

Mach mich zum Wächter Deiner Weiten

Rainer Maria Rilke

Mach mich zum Wächter Deiner Weiten,
mach mich zum Horchenden am Stein,
gib mir die Augen auszubreiten
auf Deiner Meere Einsamsein;
lass mich der Flüsse Gang begleiten
aus dem Geschrei zu beiden Seiten
weit in den Klang der Nacht hinein.

Schick mich in Deine leeren Länder,
durch die die weiten Winde gehn,
wo große Klöster wie Gewänder
um ungelebte Leben stehn.
Dort will ich mich zu Pilgern halten,
von ihren Stimmen und Gestalten
durch keinen Trug mehr abgetrennt,
und hinter einem blinden Alten
des Weges gehn, den keiner kennt.

Du bist wie eine Blume

Heinrich Heine

Du bist wie eine Blume,
So hold und schön und rein;
Ich schau' dich an, und Wehmut
Schleicht mir in's Herz hinein.

Mir ist, als ob ich die Hände
Auf's Haupt dir legen sollt',
Betend, dass Gott dich erhalte
So rein und schön und hold.

Der Wolf und die Schwalbe

Ulrich Maske

Der Sommer war kalt wie nie zuvor
Und sein Fell wurde langsam grau
Er sehnte sich nach irgendwas
Das kannte er nicht genau
Die alten Pfade durchs Unterholz
Ging er wie immer schon
Dachte nicht böser als sonst auch
Da hörte er ihren Ton
  Der Wolf ist wild
  Der Wolf ist einsam
  Und so muss er wohl auch sein
  Wenn er heult
  Glänzt eine Träne
  Und dann fühlt er sich allein

Die Schwalbe war es, die dort sang
Ihr Lied hat ihn betört
Er zog die Krallen ein und hat
Ihr ruhig zugehört
Sie sang von Wärme und von Licht
Und von dem Nest für zwei
Und dass sie bei ihm bleiben wollt
Wär auch der Sommer mal vorbei

Der Wolf ist wild
Der Wolf ist einsam
Und so muss er wohl auch sein
Wenn er heult
Glänzt eine Träne
Und dann fühlt er sich allein

Sanft war der Wolf und flog so gern
Ihren Träumen hinterher
Sein linkes Ohr riss er sich ab
Das schenkte er ihr und noch mehr
Doch als die erste Wolke kam
Und der Tag war noch nicht alt
War die Schwalbe fort nach Süden
Und der Sommer war wieder kalt
Der Wolf ist wild
Der Wolf ist einsam
Und so muss er wohl auch sein
Wenn er heult
Glänzt eine Träne
Und dann fühlt er sich allein

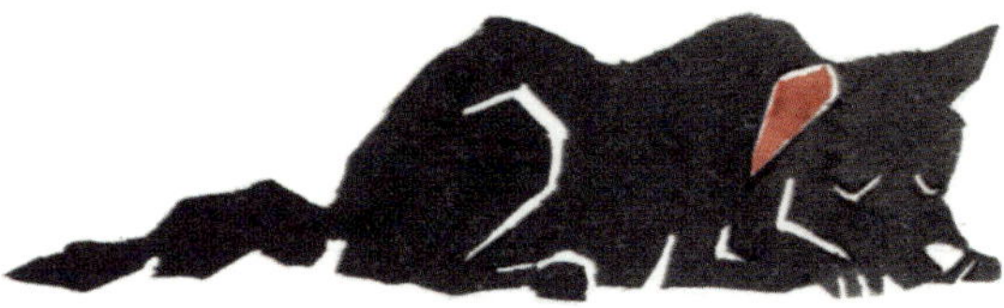

Hol der Teufel deine Mutter

Heinrich Heine

Hol der Teufel deine Mutter,
Hol der Teufel deinen Vater,
Die so grausam mich verhindert
Dich zu schauen im Theater.

Denn sie saßen da und gaben,
Breitgeputzt, nur seltne Lücken,
Dich im Hintergrund der Loge,
Süßes Liebchen, zu erblicken.

Und sie saßen da und schauten
Zweier Liebenden Verderben,
Und sie klatschten großen Beifall
Als sie beide sahen sterben.

Die Liebe

Matthias Claudius

Die Liebe hemmet nichts; sie kennt nicht Tür noch Riegel,
Und dringt durch alles sich;
Sie ist ohn Anbeginn, schlug ewig ihre Flügel,
Und schlägt sie ewiglich.

Ein Liebeslied

Else Lasker-Schüler

Komm zu mir in der Nacht – wir schlafen
engverschlungen.
Müde bin ich sehr, vom Wachen einsam.
Ein fremder Vogel hat in dunkler Frühe schon gesungen,
Als noch mein Traum mit sich und mir gerungen.

Es öffnen Blumen sich vor allen Quellen
Und färben sich mit deiner Augen Immortellen …

Komm zu mir in der Nacht auf Siebensternenschuhen
Und Liebe eingehüllt spät in mein Zelt.
Es steigen Monde aus verstaubten Himmelstruhen.

Wir wollen wie zwei seltene Tiere liebesruhen
Im hohen Rohre hinter dieser Welt.

Das Mädchen aus der Fremde

Friedrich Schiller

In einem Tal bei armen Hirten
Erschien mit jedem jungen Jahr,
Sobald die ersten Lerchen schwirrten,
Ein Mädchen, schön und wunderbar.

Sie war nicht in dem Tal geboren,
Man wusste nicht, woher sie kam,
Und schnell war ihre Spur verloren,
Sobald das Mädchen Abschied nahm.

Beseligend war ihre Nähe,
Und alle Herzen wurden weit,
Doch eine Würde, eine Höhe
Entfernte die Vertraulichkeit.

Sie brachte Blumen mit und Früchte,
Gereift auf einer andern Flur,
In einem andern Sonnenlichte,
In einer glücklichern Natur.

Und teilte jedem eine Gabe,
Dem Früchte, jenem Blumen aus,
Der Jüngling und der Greis am Stabe,
Ein jeder ging beschenkt nach Haus.

Willkommen waren alle Gäste,
Doch nahte sich ein liebend Paar,
Dem reichte sie der Gaben beste,
Der Blumen allerschönste dar.

Weil du nicht da bist

Mascha Kaléko

Weil du nicht da bist, sitze ich und schreibe
All meine Einsamkeit auf dies Papier.
Ein Fliederzweig schlägt an die Fensterscheibe.
Die Maiennacht ruft laut. Doch nicht nach mir.

Weil du nicht da bist, ist der Bäume Blühen,
Der Rosen Duft vergebliches Bemühen,
Der Nachtigallen Liebesmelodie
Nur in Musik gesetzte Ironie.

Weil du nicht da bist, flücht ich mich ins Dunkel.
Aus fremden Augen starrt die Stadt mich an
Mit grellem Licht und lärmendem Gefunkel,
Dem ich nicht folgen, nicht entgehen kann.

Hier unterm Dach sitz ich beim Lampenschimmer,
Den Herbst im Herzen, Winter im Gemüt.
November singt in mir sein graues Lied.
»Weil du nicht da bist«, flüstert es im Zimmer.

»Weil du nicht da bist«, rufen Wand und Schränke,
Verstaubte Noten über dem Klavier.
Und wenn ich endlich nicht mehr an dich denke,
Die Dinge um mich reden nur von dir.

Weil du nicht da bist, blättre ich in Briefen
Und weck vergilbte Träume, die schon schliefen.
Mein Lachen, Liebster, ist dir nachgereist.
Weil du nicht da bist, ist mein Herz verwaist.

Ein Jüngling liebt ein Mädchen

Heinrich Heine

Ein Jüngling liebt ein Mädchen,
Die hat einen andern erwählt;
Der andre liebt eine andre,
Und hat sich mit dieser vermählt.

Das Mädchen heiratet aus Ärger
Den ersten besten Mann,
Der ihr in den Weg gelaufen;
Der Jüngling ist übel dran.

Es ist eine alte Geschichte,
Doch bleibt sie immer neu;
Und wem sie just passieret,
Dem bricht das Herz entzwei.

An Margareta

Christian Morgenstern

Ich habe nicht gewusst, dass so viel Liebe
in einem Herzen sein kann – und zu mir.
Zwar – ich bin ungerecht. Und doch … es hat
mich nimmermehr zuvor so überwältigt.

So will ich sagen: wissen um die Liebe,
das tat ich stets, und war auch wohl zu Gast, –
so wie ein Gast von Heim und Herdglut weiß.
Durch Dich erst aber *glaub* ich an die Liebe.

Selbst (und das ist das Schwerste) an die meine,
an meine Fähigkeit zu jener letzten
Ver-Einigung des ewig sonst Ent-Zweiten.

Nun nicht mehr Gast nur wandl' ich durch die Zeiten, –
nun sitz ich selbst am Herd und atme Frieden,
und glaub an alle Liebe – durch die Deine.

Mein Liebeslied

Else Lasker-Schüler

Wie ein heimlicher Brunnen
Murmelt mein Blut,
Immer von Dir, immer von mir.
Unter dem taumelnden Mond
Tanzen meine nackten, suchenden Träume,
Nachtwandelnde, fiebernde Kinder,
Leise über düstere Hecken.
O, Deine Lippen sind sonnig ....
Diese Rauschedüfte Deiner Lippen ....
Und aus blauen Dolden, silberumringt
Lächelst Du ... Du, Du.
Immer das schlängelnde Geriesel
        Auf meiner Haut
Über die Schulter hinweg –
        Ich lausche ....
Wie ein heimlicher Brunnen
Murmelt mein Blut ...

Nur wer die Sehnsucht kennt

Johann Wolfgang von Goethe

Nur wer die Sehnsucht kennt,
Weiß, was ich leide!
Allein und abgetrennt
Von aller Freude,
Seh ich ans Firmament
Nach jener Seite.

Ach! der mich liebt und kennt,
Ist in der Weite.
Es schwindelt mir, es brennt
Mein Eingeweide.
Nur wer die Sehnsucht kennt,
Weiß, was ich leide!

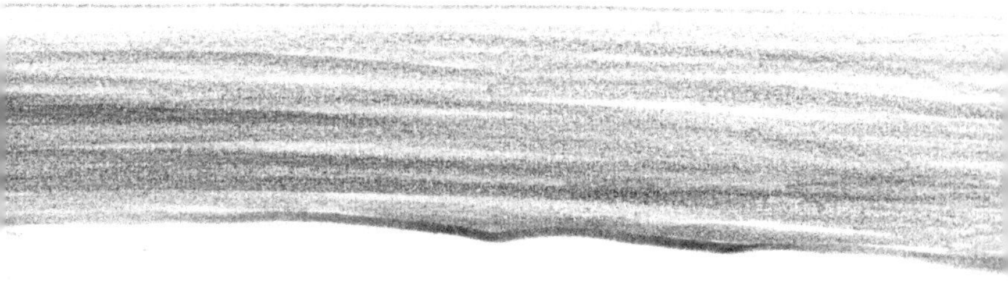

Nein, nicht vor mir im Staube knien

Isolde Kurz

Nein, nicht vor mir im Staube knien!
Nicht mir im Arm wie Rohr zerbrechen!
Ist erst der Stunde Rausch dahin,
Ich weiß, du wirst es an mir rächen.

Jetzt ist dein Aug' von Tränen nass,
Doch manchmal blinkt's wie Mördereisen.
In deiner Liebe grollt der Hass
Und droht mich künftig zu zerreißen.

Wo ist der Held, der frei vereint
Mit mir auf Lebenshöhen stiege?
Der tröstet, wenn das Herz mir weint,
Und mit mir lächelt, wenn ich siege?

Der nicht Gebieter ist noch Knecht,
Der fühlt wie stille Wunden brennen,
Der schonend nach dem zärtern Recht
Sich neigt in willigem Erkennen?

Wo ist der Held? Es tönt von fern
Wie Gruß von ihm an meine Ohren.
Der Held, der meines Lebens Stern,
Wird erst nach meinem Tod geboren.

Tagelied

Rainer Maria Rilke

Jetzt kommen wieder die Pläne,
die ins Weite gehn.
Draußen rufen die Hähne:
die Ferne will entstehn

nach aller dieser Nähe,
die uns zusammenschloss.
Wach auf, damit ich sähe,
was ich so sehr genoss.

Mir geht es noch im Blute,
noch duftet das ganze Haus.
Zu was für Worten ruhte
mein Mund auf Deinem aus,

auf Deinem guten Munde,
auf Deiner beruhigten Brust:
Stunde ging um Stunde,
wir haben es nicht gewusst.

Nun kommen die Geräusche.
Schon rührte sich eine Tür.
Dass es Dich nicht enttäusche,
wache mit mir, verspür,

wie es schon weht vom Tage:
da muss ich nun hinaus –
Wache zu mir und sage:
Seh ich traurig aus?

Das dauert nur eine Weile,
mach Dir das Herz nicht schwer.
Die Nacht ist, dass man sie teile,
der Tag, dass man ihn vermehr.

Das Hohelied der Liebe

(1. Korinther 13)

Wenn ich in den Sprachen der Menschen und Engel redete,
hätte aber die Liebe nicht,
wäre ich dröhnendes Erz oder eine lärmende Pauke.
Und wenn ich prophetisch reden könnte
und alle Geheimnisse wüsste
und alle Erkenntnis hätte;
wenn ich alle Glaubenskraft besäße
und Berge damit versetzen könnte,
hätte aber die Liebe nicht,
wäre ich nichts.
Und wenn ich meine ganze Habe verschenkte
und wenn ich meinen Leib opferte, um mich zu rühmen,
hätte aber die Liebe nicht,
nützte es mir nichts.

Die Liebe ist langmütig,
die Liebe ist gütig.
Sie ereifert sich nicht,
sie prahlt nicht,
sie bläht sich nicht auf.
Sie handelt nicht ungehörig,
sucht nicht ihren Vorteil,
lässt sich nicht zum Zorn reizen,
trägt das Böse nicht nach.
Sie freut sich nicht über das Unrecht,
sondern freut sich an der Wahrheit.

Sie erträgt alles,
glaubt alles,
hofft alles,
hält allem stand.

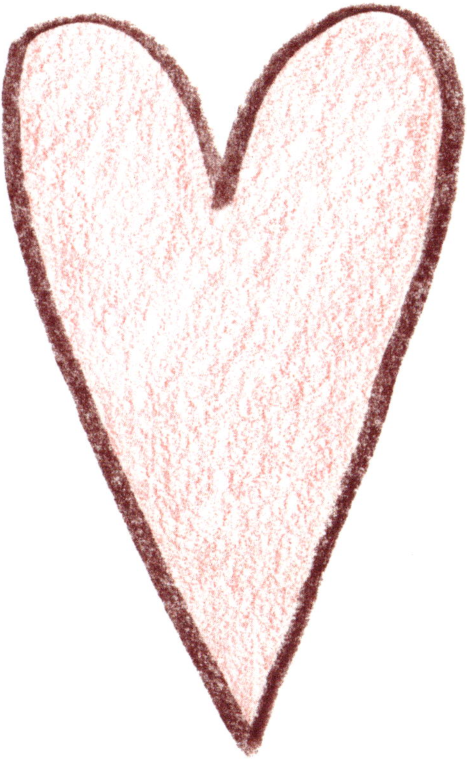

Liebesgedicht

Wolfgang Borchert

Du warst die Blume Makellos
und ich war wild und wach.
Als deine Iris überfloss,
da gabst du gebend nach.

Ich war die Blume Schmerzenlos
in deinem lichten Duft.
Wir schenkten uns aus Grenzenlos,
aus Erde, Leid und Gruft.

Da wuchs die Blume Morgenrot
an unserer Nächte Saum.
Wir litten eine süße Not
um einen süßen Traum.

Ich habe dich so lieb

Joachim Ringelnatz

Ich habe dich so lieb!
Ich würde dir ohne Bedenken
Eine Kachel aus meinem Ofen
Schenken.

Ich habe dir nichts getan.
Nun ist mir traurig zu Mut.
An den Hängen der Eisenbahn
Leuchtet der Ginster so gut.

Vorbei – verjährt –
Doch nimmer vergessen.
Ich reise.
Alles, was lange währt,
Ist leise.

Die Zeit entstellt
Alle Lebewesen.
Ein Hund bellt.
Er kann nicht lesen.
Er kann nicht schreiben.
Wir können nicht bleiben.

Ich lache.
Die Löcher sind die Hauptsache
An einem Sieb.

Ich habe dich so lieb.

In dunkler Nacht

Ulrich Maske

Soll dein Mund im Schlaf noch lachen in dunkler Nacht
Mag ein Engel dich bewachen in dunkler Nacht
Stunden, die vorübertreiben
Frost schreibt auf die Fensterscheiben
Und ich werde bei dir bleiben in dunkler Nacht

Silbern leuchten Mond und Sterne in dunkler Nacht
Gestern liegt in weiter Ferne in dunkler Nacht
Wiegen sich im Wind die Bäume
Träumen ihre Blütenträume
Frieden atmen diese Räume in dunkler Nacht

Ringsumher ist nichts als Schweigen in dunkler Nacht
Raben sitzen in den Zweigen in dunkler Nacht
Schweigen soll'n auch deine Sorgen
Kannst dir etwas Hoffnung borgen
Träum von einem hellen Morgen in dunkler Nacht

Die Verlassene

Gertrud Kolmar

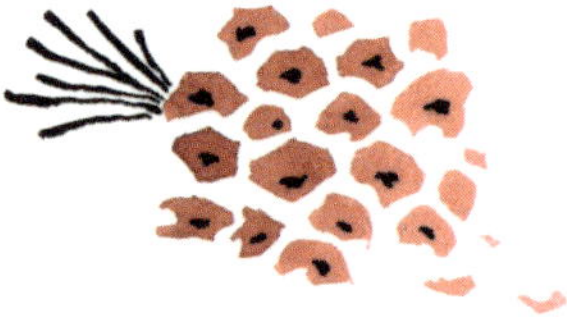

An K. J.

Du irrst dich. Glaubst du, dass du fern bist
Und dass ich dürste und dich nicht mehr finden kann?
Ich fasse dich mit meinen Augen an,
Mit diesen Augen, deren jedes finster und ein Stern ist.

Ich zieh dich unter dieses Lid
Und schließ es zu und du bist ganz darinnen.
Wie willst du gehn aus meinen Sinnen,
Dem Jägergarn, dem nie ein Wild entflieht?

Du lässt mich nicht aus deiner Hand mehr fallen
Wie einen welken Strauß,
Der auf die Straße niederweht, vorm Haus
Zertreten und bestäubt von allen.

Ich hab dich liebgehabt. So lieb.
Ich habe so geweint … mit heißen Bitten …
Und liebe dich noch mehr, weil ich um dich gelitten,
Als deine Feder keinen Brief, mir keinen Brief mehr
schrieb.

Ich nannte Freund und Herr und Leuchtturmwächter
Auf schmalem Inselstrich,
Den Gärtner meines Früchtegartens dich,
Und waren tausend weiser, keiner war gerechter.

Ich spürte kaum, dass mir der Hafen brach,
Der meine Jugend hielt – und kleine Sonnen,
Dass sie vertropft, in Sand verronnen.
Ich stand und sah dir nach.

Dein Durchgang blieb in meinen Tagen,
Wie Wohlgeruch in einem Kleide hängt,
Den es nicht kennt, nicht rechnet, nur empfängt,
Um immer ihn zu tragen.

Frühlingsnacht

Joseph von Eichendorff

Über'n Garten durch die Lüfte
Hört' ich Wandervögel ziehn,
Das bedeutet Frühlingsdüfte,
Unten fängt's schon an zu blühn.

Jauchzen möcht' ich, möchte weinen,
Ist mir's doch, als könnt's nicht sein!
Alte Wunder wieder scheinen
Mit dem Mondesglanz herein.

Und der Mond, die Sterne sagen's,
Und in Träumen rauscht's der Hain,
Und die Nachtigallen schlagen's:
Sie ist deine, sie ist dein!

Was es ist

Erich Fried

Es ist Unsinn
sagt die Vernunft
Es ist was es ist
sagt die Liebe

Es ist Unglück
sagt die Berechnung
Es ist nichts als Schmerz
sagt die Angst
Es ist aussichtslos
sagt die Einsicht
Es ist was es ist
sagt die Liebe

Es ist lächerlich
sagt der Stolz
Es ist leichtsinnig
sagt die Vorsicht
Es ist unmöglich
sagt die Erfahrung
Es ist was es ist
sagt die Liebe

Ich hatte einst ein schönes Vaterland

Heinrich Heine

Ich hatte einst ein schönes Vaterland.
Der Eichenbaum
Wuchs dort so hoch, die Veilchen nickten sanft.
Es war ein Traum.

Das küsste mich auf deutsch, und sprach auf deutsch
(Man glaubt es kaum
Wie gut es klang) das Wort »Ich liebe dich!«
Es war ein Traum.

Gabriele

Gottfried August Bürger

O wie schön ist Gabriele,
O wie schön, an Seel' und Leib!
Öfters ahndet meiner Seele,
Diese sei kein Erdenweib.
Fast verklärt, wie Himmelsbräute,
Ist sie fehllos ganz und gar.
Heiliger und schöner war
Nur die Hochgebenedeite,
Die den Heiland uns gebar.

Liebes-Lied

Rainer Maria Rilke

Wie soll ich meine Seele halten, dass
sie nicht an deine rührt? Wie soll ich sie
hinheben über dich zu andern Dingen?
Ach gerne möcht ich sie bei irgendwas
Verlorenem im Dunkel unterbringen
an einer fremden stillen Stelle, die
nicht weiterschwingt, wenn deine Tiefen schwingen.
Doch alles, was uns anrührt, dich und mich,
nimmt uns zusammen wie ein Bogenstrich,
der aus zwei Saiten *eine* Stimme zieht.
Auf welches Intrument sind wir gespannt?
Und welcher Geiger hat uns in der Hand?
O süßes Lied.

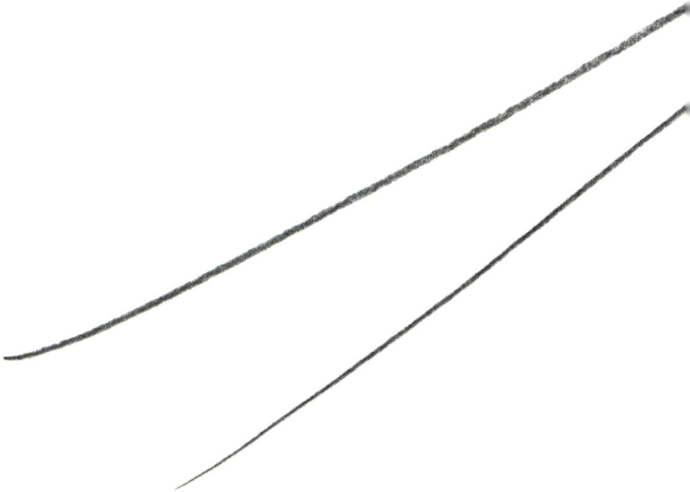

Schornsteinfeger ging spazieren

Volksmund

Schornsteinfeger ging spazieren
Schornsteinfeger ging spazieren, ging spazieren
Schornsteinfeger ging spazieren
Kam er an ein weißes Haus
Kam er an ein weißes Haus, weißes Haus
Kam er an ein weißes Haus
Guckt ein schönes Mädchen raus
Guckt ein schönes Mädchen raus, Mädchen raus
Guckt ein schönes Mädchen raus
Mädchen willst du mit mir gehen
Mädchen willst du mit mir gehen, mit mir gehen

Mädchen willst du mit mir gehen?
Muss ich erst die Mutter fragen
Muss ich erst die Mutter fragen, Mutter fragen
Muss ich erst die Mutter fragen
Mutter darf ich mit ihm gehen
Mutter darf ich mit ihm gehen, mit ihm gehen
Mutter darf ich mit ihm gehen
Musst du erst den Vater fragen
Musst du erst den Vater fragen, den Vater fragen
Musst du erst den Vater fragen
Vater darf ich mit ihm gehen
Vater darf ich mit ihm gehen, mit ihm gehen
Vater darf ich mit ihm gehen?
Nein mein Kind das darfst du nicht
Nein mein Kind das darfst du nicht, darfst du nicht
Nein mein Kind das darfst du nicht!
So liefen sie zum Tor hinaus
Liefen sie zum Tor hinaus, zum Tor hinaus
Liefen sie zum Tor hinaus
Vater Mutter hinterher
Vater Mutter hinterher, hinterher
Vater Mutter hinterher
Sie feierten das Hochzeitsfest
Feierten das Hochzeitsfest, Hochzeitsfest
Feierten das Hochzeitsfest

Viva!

Else Lasker-Schüler

Mein Wünschen sprudelt in der Sehnsucht meines Blutes
Wie wilder Wein, der zwischen Feuerblättern glüht.
Ich wollte, Du und ich, wir wären eine Kraft,
Wir wären eines Blutes
Und ein Erfüllen, eine Leidenschaft,
Ein heißes Weltenliebeslied!

Ich wollte, Du und ich, wir würden uns verzweigen,
Wenn sonnentoll der Sommertag nach Regen schreit
Und Wetterwolken bersten in der Luft!
Und alles Leben wäre unser Eigen;
Den Tod selbst rissen wir aus seiner Gruft
Und jubelten durch seine Schweigsamkeit!

Ich wollte, dass aus unserer Kluft sich Massen
Wie Felsen aufeinandertürmen und vermünden
In einen Gipfel, unerreichbar weit!
Dass wir das Herz des Himmels ganz erfassen
Und uns in jedem Hauche finden
Und überstrahlen alle Ewigkeit!

Ein Feiertag, an dem wir ineinanderrauschen,
Wir beide ineinanderstürzen werden,
Wie Quellen, die aus steiler Felshöh' sich ergießen
In Wellen, die dem eignen Singen lauschen
Und plötzlich niederbrausen und zusammenfließen
In unzertrennbar, wilden Wasserheerden!

Lass ab!

Heinrich Heine

Der Tag ist in die Nacht verliebt,
Der Frühling in den Winter,
Das Leben verliebt in den Tod –
Und du, du liebest mich!

Du liebst mich – schon erfassen dich
Die grauenhaften Schatten,
All deine Blüte welkt,
Und deine Seele verblutet.

Lass ab von mir, und liebe nur
Die heiteren Schmetterlinge,
Die da gaukeln im Sonnenlicht –
Lass ab von mir und dem Unglück.

Nacht

Ulrich Maske

Hör nur, das Meer
Wie es leise rauscht
Zikaden zirpen Lieder
Ich nippe von dem kühlen Wein
Ich muss dich ansehn
Immer wieder
Und seh, du lauschst
Ganz still in dich hinein

So lass uns Abschied nehmen wie zwei Sterne

Rainer Maria Rilke

So lass uns Abschied nehmen wie zwei Sterne
durch jenes Übermaß von Nacht getrennt,
das eine Nähe ist, die sich an Ferne
erprobt und an dem Fernsten sich erkennt.

Wenn ich in deine Augen seh

Heinrich Heine

Wenn ich in deine Augen seh,
So schwindet all mein Leid und Weh;
Doch wenn ich küsse deinen Mund,
So werd ich ganz und gar gesund.

Wenn ich mich lehn an deine Brust,
Kommt's über mich wie Himmelslust;
Doch wenn du sprichst: »Ich liebe dich!«
So muss ich weinen bitterlich.

Liebeslieder

Bertolt Brecht

I

Als ich nachher von dir ging
An dem großen Heute
Sah ich, als ich sehn anfing
Lauter lustige Leute.

Und seit jener Abendstund
Weißt schon, die ich meine
Hab ich einen schönern Mund
Und geschicktere Beine.

Grüner ist, seit ich so fühl
Baum und Strauch und Wiese
Und das Wasser schöner kühl
Wenn ich's auf mich gieße.

II

Lied einer Liebenden
Wenn du mich lustig machst
Dann denk ich manchmal:
Jetzt könnt ich sterben
Dann blieb ich glücklich
Bis an mein End.

Wenn du dann alt bist
Und du an mich denkst
Seh ich wie heut aus
Und hast ein Liebchen
Das ist noch jung.

III

Sieben Rosen hat der Strauch
Sechs gehörn dem Wind
Aber eine bleibt, dass auch
Ich noch eine find.

Sieben Male ruf ich dich
Sechsmal bleibe fort
Doch beim siebten Mal, versprich
Komme auf ein Wort.

IV

Die Liebste gab mir einen Zweig
Mit gelbem Laub daran.

Das Jahr, es geht zu Ende
Die Liebe fängt erst an.

Ich bin von Kopf bis Fuß auf Liebe eingestellt

Friedrich Hollaender

Ein rätselhafter Schimmer,
Ein »je ne sais-pas-quoi«
Liegt in den Augen immer
Bei einer schönen Frau.
Doch wenn sich meine Augen
Bei einem vis-à-vis
Ganz tief in seine saugen
Was sprechen dann sie?

Ich bin von Kopf bis Fuß
Auf Liebe eingestellt,
Denn das ist meine Welt.
Und sonst gar nichts.
Das ist, was soll ich machen,
Meine Natur,
Ich kann halt lieben nur
Und sonst gar nichts.
Männer umschwirr'n mich,
Wie Motten um das Licht.
Und wenn sie verbrennen,
Ja dafür kann ich nichts.

Ich bin von Kopf bis Fuß
Auf Liebe eingestellt,
Ich kann halt lieben nur
Und sonst gar nichts.
Was bebt in meinen Händen,
In ihrem heißen Druck?
Sie möchten sich verschwenden
Sie haben nie genug.
Ihr werdet mir verzeihen,
Ihr müsst' es halt versteh'n,
Es lockt mich stets von neuem.
Ich find' es so schön!

Ich bin von Kopf bis Fuß
Auf Liebe eingestellt,
Denn das ist meine Welt,
Und sonst gar nichts.
Das ist, was soll ich machen,
Meine Natur,
Ich kann halt lieben nur
Und sonst gar nichts.

Männer umschwirr'n mich,
Wie Motten um das Licht.
Und wenn sie verbrennen,
Ja dafür kann ich nichts.
Ich bin von Kopf bis Fuß
Auf Liebe eingestellt,
Ich kann halt lieben nur
Und sonst gar nichts.

Nie mehr

Ulla Hahn

Das hab ich nie mehr gewollt
um das Telefon streichen am Fenster stehn
keinen Schritt aus dem Haus gehn Gespenster sehn
Das hab ich nie mehr gewollt

Das hab ich nie mehr gewollt
Briefe die triefen schreiben zerreißen
mich linksseitig quälen bis zu den Nägeln
Das hab ich nie mehr gewollt

Das hab ich nie mehr gewollt
Soll dich der Teufel holen
Herbringen. Schnell.
Mehr hab ich das nie gewollt.

Die Liebende

Rainer Maria Rilke

Das ist mein Fenster. Eben
bin ich so sanft erwacht.
Ich dachte, ich würde schweben.
Bis wohin reicht mein Leben,
und wo beginnt die Nacht?

Ich könnte meinen, alles
wäre noch Ich ringsum;
durchsichtig wie eines Kristalles
Tiefe, verdunkelt, stumm.

Ich könnte auch noch die Sterne
fassen in mir; so groß
scheint mir mein Herz; so gerne
ließ es ihn wieder los

den ich vielleicht zu lieben,
vielleicht zu halten begann.
Fremd, wie niebeschrieben
sieht mich mein Schicksal an.

Was bin ich unter diese
Unendlichkeit gelegt,
duftend wie eine Wiese,
hin und her bewegt,

rufend zugleich und bange,
dass einer den Ruf vernimmt,
und zum Untergange
in einem Andern bestimmt.

Für immer und dich

Rio Reiser

Ich sing für dich, ich schrei für dich,
Ich brenne und ich schnei für dich.
Vergesse mich, erinner mich,
Für dich und immer für dich.
Für immer und dich (wo immer du bist).

Ich lach für dich, wein für dich,
Ich regne und ich schein für dich.
Versetz die ganze Welt für dich,
Für dich und immer für dich.
Für immer und dich.

Für dich und immer für dich.
Egal wie du mich nennst,
Egal wo du heut pennst.
Ich hab so oft für dich gelogen
Und ich bieg dir den Regenbogen.
Für dich und immer für dich.
Für immer und dich.

Ich rede für dich, schweig für dich,
Ich gehe und ich bleib für dich.
Ich streich den Himmel blau für dich,
Für dich und immer für dich.
Für immer und dich.

Ich sehe für dich, hör für dich,
Ich lüge und ich schwör für dich.
Ich hol den blauen Mond für dich,
Für dich und immer für dich.
Für immer und dich.

Egal wie du mich nennst,
Egal wo du heut pennst.
Ich hab so oft für dich gelogen,
Und ich bieg dir noch nen Regenbogen.
Für dich und immer für dich.
Wo immer du bist.

Manchmal, dann sagst du mir

Franz Josef Degenhardt

Manchmal, dann sagst du mir,
heut' bleib' ich einfach hier.
Wir hocken uns auf die Fensterbank,
du lässt dir Küsse geben,
wir trinken Schnaps und spielen krank
und schwänzen ganz einfach das Leben.

Du trinkst einen Schluck auf mich,
und ich trinke zwei auf dich.
Und trinken auf unser Paradies,
das nur zwölf Stunden dauert,
denn wir sind jener Schlange gewiss,
die in den Uhrzeigern lauert.

Du trinkst aus meinem Glas,
und anschließend zeigst du mir Das.
Die Schlange wird in der Nacht erwachen
und in unsre Träume kriechen,
irgendwo wird ein Vogel lachen,
wenn wir ihr Kommen riechen.

Und dann machen wir wieder mit,
fassen erschrocken Tritt.
Wir zählen die Zebrastreifen im Gehn
und warten dann wieder auf Grün,
behaupten, wenn wir an der Kreuzung stehn,
noch einmal Auf Wiedersehn!

Maß der Liebe

Marie Luise Kaschnitz

Wie du mir nötig bist? Wie Trank und Speise
Dem Hungernden, dem Frierenden das Kleid,
Wie Schlaf dem Müden, Glanz der Meeresreise
Dem Eingeschlossnen, der nach Freiheit schreit.

So lieb ich Dich. Wie dieser Erde Gaben
Salz, Brot und Wein und Licht und Windeswehen,
Die, ob wir sie auch bitter nötig haben,
Sich doch nicht allezeit von selbst verstehen.

Und tiefer noch. Denn auch die ungewissen
Und fernen Mächte, die man Gott genannt,
Sie drangen mir zu Herzen mit den Küssen,

Den Worten Deines Mundes und die Blüte
Irdischer Liebe nahm ich mir zum Pfand
Für eine Welt des Geistes und der Güte.

Sag mir wer einst die Uhren erfund

Heinrich Heine

Sag mir wer einst die Uhren erfund,
Die Zeitabteilung, Minuten und Stund?
Das war ein frierend trauriger Mann.
Er saß in der Winternacht und sann,
Und zählte der Mäuschen heimliches Quicken
Und des Holzwurms ebenmäßiges Picken.

Sag mir wer einst das Küssen erfund?
Das war ein glühend glücklicher Mund;
Er küsste und dachte nichts dabei.
Es war im schönen Monat Mai,
Die Blumen sind aus der Erde gesprungen,
Die Sonne lachte, die Vögel sungen.

Ich bin, du Ängstlicher

Rainer Maria Rilke

Ich bin, du Ängstlicher. Hörst Du mich nicht
mit allen meinen Sinnen an Dir branden?
Meine Gefühle, welche Flügel fanden,
umkreisen weiß Dein Angesicht.
Siehst Du nicht meine Seele, wie sie dicht
vor Dir in einem Kleid aus Stille steht?
Reift nicht mein mailiches Gebet
an Deinem Blicke wie an einem Baum?

Wenn Du der Träumer bist, bin ich Dein Traum.
Doch wenn Du wachen willst, bin ich Dein Wille
und werde mächtig aller Herrlichkeit
und ründe mich wie eine Sternenstille
über der wunderlichen Stadt der Zeit.

Spät kommt das Schiff

Ulrich Maske

Spät kommt das Schiff in den Hafen
Ja, nun kannst du schlafen
Lauer Wind bläht die Segel
Durch die Nacht streichen Vögel

Ja, dieses Schiff wird hier warten
Und draußen im Garten
Singt der Nachtvogel Lieder
Singt es dir immer wieder

Und er singt seine Träume
Fliegt mit dir in die Bäume
Öffnet dir neue Räume
Und er singt seine Träume

Begegnung

Semra Ertan

Woher könnte ich denn wissen, dass du mich liebst,
Wenn deine Augen nicht sprechen würden?
Wie könnte ich denn sowas denken?
Bis gestern lief ich allein durch die Straßen,
Und heute laufe ich Hand in Hand mit dir zusammen
Und liege in der Kneipe in deinen Armen,
Vom selben Glas werden wir Liebe genießen
Und zusammen glücklich sein,
Mit manchen Nächten ohne Morgen,
Woher könnte ich denn wissen,
Dass ein Feuer entflammt,
Wenn deine Hände nicht meine Hände berührt hätten?
Wenn ich nicht hören würde, wie dein Herz schlägt,
Könnte ich dich so sehr lieben?
Könnte ich solche Sehnsucht nach dir haben?
Der ganze Körper wie eine Flamme,
Wo sind die vergangenen Jahre?
Ich habe gestern begonnen zu leben,
Das, was ich bin, habe ich erst jetzt erfahren,
Schön ist, dass dein Mund gesagt hat, wie ich heiße,
Schön ist, dass ich nicht mehr so weit weg bin,
Schön ist, dass ich dich gesehen und geliebt habe,
Schön ist, dass ich geliebt wurde, wie man es sich erträumt.
Wer weiß, unter der Erde könnte ich mich wie ein Fluss verlieren,
Wenn du mich nicht finden würdest
Und ich dieses Gedicht nicht schriebe.

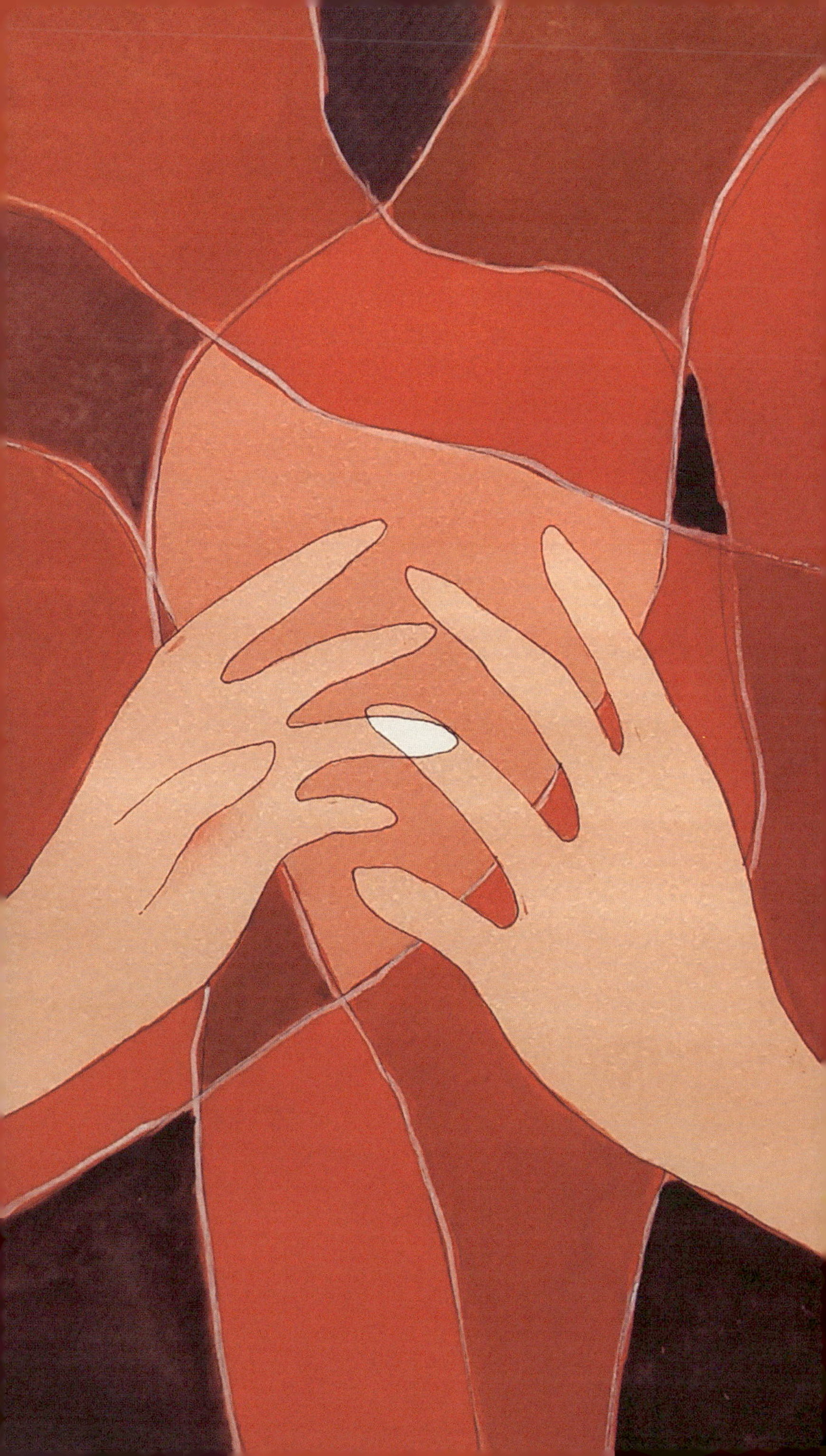

Nähe des Geliebten

Johann Wolfgang von Goethe

Ich denke dein, wenn mir der Sonne Schimmer
Vom Meere strahlt;
Ich denke dein, wenn sich des Mondes Flimmer
In Quellen malt.

Ich sehe dich, wenn auf dem fernen Wege
Der Staub sich hebt;
In tiefer Nacht, wenn auf dem schmalen Stege
Der Wandrer bebt.

Ich höre dich, wenn dort mit dumpfem Rauschen
Die Welle steigt.
Im stillen Haine geh' ich oft zu lauschen,
Wenn alles schweigt.

Ich bin bei dir; du seist auch noch so ferne,
Du bist mir nah!
Die Sonne sinkt, bald leuchten mir die Sterne.
O, wärst du da!

Oft sehn sich unsere Seelen tagelang nicht

Rainer Maria Rilke

... Oft sehn sich unsre Seelen tagelang nicht.
Und meine, dürstend, Deine zu entdecken,
will ihre Arme aus dem Alltag strecken,
schaut hinter deines Lachens Rosenhecken
und lugt und lauscht und findet ihren Klang nicht.

Heimkehr

Ludwig Uhland

O brich nicht, Steg, du zitterst sehr!
O stürz nicht, Fels, du dräuest schwer!
Welt, geh nicht unter, Himmel, fall nicht ein,
Eh ich mag bei der Liebsten sein!

Liebe VI

Rose Ausländer

Wir werden uns wiederfinden
im See
du als Wasser
ich als Lotusblume

Du wirst mich tragen
ich werde dich trinken

Wir werden uns angehören
vor allen Augen

Sogar die Sterne
werden sich wundern:
hier haben sich zwei
zurückverwandelt
in ihren Traum
der sie erwählte.

Liebeslied

Klabund

Dein Mund, der schön geschweifte,
Dein Lächeln, das mich streifte,
Dein Blick, der mich umarmte,
Dein Schoß, der mich erwarmte,
Dein Arm, der mich umschlungen,
Dein Wort, das mich umsungen,
Dein Haar, darein ich tauchte,
Dein Atem, der mich hauchte,
Dein Herz, das wilde Fohlen,
Die Seele unverhohlen,
Die Füße, welche liefen,
Als meine Lippen riefen –:
Gehört wohl mir, ist alles meins,
Wüsst' nicht, was mir das Liebste wär',
Und gäb nicht Höll' noch Himmel her:
Eines und alles, all und eins.

Spätes Erwachen

Annette von Droste-Hülshoff

Wie war mein Dasein abgeschlossen,
Als ich im grün umhegten Haus,
Durch Lerchenschlag und Fichtensprossen
Noch träumt' in den Azur hinaus.

Als keinen Blick ich noch erkannte,
Als den des Strahles durchs Gezweig,
Die Felsen meine Brüder nannte,
Schwester mein Spiegelbild im Teich.

Nicht rede ich von jenen Jahren,
Die dämmernd uns die Kindheit beut;
Nein, so verdämmert und zerfahren
War meine ganze Jugendzeit.

Wohl sah ich freundliche Gestalten
Am Horizont vorüberfliehn;
Ich konnte heiße Hände halten
Und heiße Lippen an mich ziehn;

Ich hörte ihres Grußes Pochen,
Ihr leises Wispern um mein Haus
Und sandte schwimmend, halbgebrochen,
Nur einen Seufzer halb hinaus.

Ich fühlte ihres Hauches Fächeln,
Und war doch keine Blume süß;
Ich sah der Liebe Engel lächeln,
Und hatte doch kein Paradies.

Mir war als habe in den Noten
Sich jeder Ton an mich verwirrt,
Sich jede Hand, die mir geboten,
Im Dunkel wunderlich verirrt.

Verschlossen blieb ich, eingeschlossen
In meiner Träume Zauberturm,
Die Blitze waren mir Genossen
Und Liebesstimme mir der Sturm.

Dem Wald ließ ich ein Lied erschallen,
Wie nie vor einem Menschenohr,
Und meine Träne ließ ich fallen,
Die heiße, in den Blumenflor.

Und alle Pfade musst' ich fragen:
Kennt Vögel ihr und Strahlen auch?
Doch keinen: wohin magst du tragen?
Von welchem Odem schwillt dein Hauch?

Wie ist das anders nun geworden,
Seit ich ins Auge dir geblickt!
Wie ist nun jeder Welle Borden
Ein Menschenbildnis eingedrückt!

Wie fühl' ich allen warmen Händen
Nun ihre leisen Pulse nach,
Und jedem Blick sein scheues Wenden
Und jeder schweren Brust ihr Ach!

Und alle Pfade möcht' ich fragen:
Wo zieht ihr hin? wo ist das Haus,
In dem lebend'ge Herzen schlagen,
Lebend'ger Odem schwillt hinaus?

Entzünden möcht' ich alle Kerzen
Und rufen jedem müden Sein:
Auf ist mein Paradies im Herzen,
Zieht alle, alle nun hinein!

Ich möchte Dir ein Liebes schenken

Rainer Maria Rilke

Ich möchte dir ein Liebes schenken,
das dich mir zur Vertrauten macht:
aus meinem Tag ein Deingedenken
und einen Traum aus meiner Nacht.

Mir ist, dass wir uns selig fänden
und dass du dann wie ein Geschmeid
mir löstest aus den müden Händen
die niebegehrte Zärtlichkeit.

Seliger Tod

Ludwig Uhland

Gestorben war ich
Vor Liebeswonne;
Begraben lag ich
In ihren Armen;
Erwecket ward ich
Von ihren Küssen;
Den Himmel sah ich
In ihren Augen.

Der Jüngling am Bache

Friedrich Schiller

An der Quelle saß der Knabe,
Blumen wand er sich zum Kranz,
Und er sah sie, fortgerissen,
Treiben in der Wellen Tanz.
»Und so fliehen meine Tage,
Wie die Quelle rastlos hin!
Und so bleichet meine Jugend,
Wie die Kränze schnell verblühn!

Fraget nicht, warum ich traure
In des Lebens Blütenzeit!
Alles freuet sich und hoffet,
Wenn der Frühling sich erneut.
Aber diese tausend Stimmen
Der erwachenden Natur
Wecken in dem tiefen Busen
Mir den schweren Kummer nur.

Was soll mir die Freude frommen,
Die der schöne Lenz mir beut?
Eine nur ist's, die ich suche,
Sie ist nah und ewig weit.
Sehnend breit' ich meine Arme
Nach dem teuren Schattenbild,
Ach, ich kann es nicht erreichen,
Und das Herz bleibt ungestillt!

Komm herab, du schöne Holde,
Und verlass dein stolzes Schloss!
Blumen, die der Lenz geboren,
Streu' ich dir in deinen Schoß.
Horch, der Hain erschallt von Liedern,
Und die Quelle rieselt klar!
Raum ist in der kleinsten Hütte
Für ein glücklich liebend Paar.«

Jugendliebe a. D.

Mascha Kaléko

Die ganze Nacht hindurch hat es geregnet.
Mir ahnte gleich: der Tag fängt nicht gut an.
Um Mittag kam vom Steueramt der Mann,
– Und dann am Abend bin ich dir begegnet.

Ich hätte dich beinahe nicht erkannt.
Du hast dich sehr verändert in den Jahren.
Auch ich hab' zwischendurch sehr viel erfahren.
Mein Optimismus trat in Ruhestand.

– Was ich so treibe …? Nicht sehr viel. Man trottet
So nach und nach sein kleines Pensum ab.
Und meine Träume hab ich eingemottet.
Ich wuchs heraus. Nun sind sie mir zu knapp …

Du fragst so viel. – Ob ich jetzt glücklich sei,
Ob ich verliebt sei. Wie es sonst mir ginge …
Ich frage nichts. Dein Blick sagt mancherlei.
Es war einmal … Doch das sind tote Dinge.

– Heut bist du Prokurist und hast zwei Kinder.
Dein Lebenswandel ist korrekt, banal.
Du hattest einst ein andres Ideal –
Doch dieses scheint vernünftig und gesünder.

Ich sehe dich, vergang'ne schöne Jahre,
Und wie die Zeit uns durch die Finger rinnt.
Auch ich bin längst nicht mehr das große Kind.
Ich glaube nicht mehr an das Wunderbare ---

Was übrig blieb von unsern großen Zielen,
Ist jetzt Gerümpel und nicht aktuell.
– Ich denk' an Gottes sogenannte Mühlen:
Sie mahlen doch zuweilen ziemlich schnell ...

Abschied

Wolfgang Borchert

Lass mir deinen Rosenmund
noch für einen Kuss.
Draußen weiß ein ferner Hund,
dass ich weiter muss.

Lass mir deinen hellen Schoß
noch für ein Gebet.
Mach mich aller Schmerzen los!
– horch, der Seewind weht.

Lass mir noch dein weiches Haar
schnell für diesen Traum:
Dass dein Lieben Liebe war –
lass mir diesen Traum!

Oh du bist schön. Wenn auch nicht mir

Rainer Maria Rilke

Oh du bist schön. Wenn auch nicht mir.
Aber du kannst dich nirgends verhalten.
Ich weiß, dass mir deine Augen nicht galten,
aber ich habe mich wie ein Tier
in deine Blicke gelegt. O du bist schön.

Um die Höhn
deines Leibes kreist
dunkel dein Duft.
Und dein spiegelnder Geist
speist
grundlose Brunnen in dir.
O du bist schön.

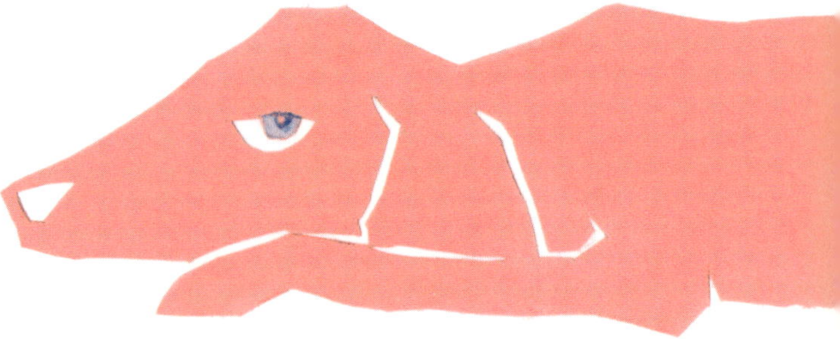

Mir ist die Lust
zu Rose und Pfirsich vergangen.
Die Spangen
an deinen Armen sind wärmer.
Ich will keine Vögel mehr fangen.
Ich will ärmer und ärmer
werden für dich: so schön bist du.

Meine Sinne sind mir zu Einem Sinn
verschmolzen an dir.
Ich spüre nur, dass ich zu dir hin
bin –: nimm. Verlier.

Der schwere Traum

August Zarnack

Ich hab die Nacht geträumet
wohl einen schweren Traum,
es wuchs in meinem Garten
ein Rosmarienbaum.

Ein Kirchhof war der Garten,
ein Blumenbeet das Grab,
und von dem grünen Baume
fiel Kron und Blüte ab.

Die Blätter tät ich sammeln
in einen goldnen Krug,
der fiel mir aus den Händen,
dass er in Stücken schlug.

Draus sah ich Perlen rinnen
und Tröpflein rosenrot:
Was mag der Traum bedeuten?
Ach Liebster, bist du tot?

sehnsucht

May Ayim

gefrorene kristalle
geliebter erinnerungen
nisten in meinen augenhöhlen.
spiegeln mir dein entferntes gesicht
als einen schatten auf mein herz.

Der Traum ist aus

Rio Reiser

Ich hab geträumt, der Winter wär vorbei
Du warst hier und wir waren frei
Und die Morgensonne schien
Es gab keine Angst und nichts zu verlieren
Es war Friede bei den Menschen und unter den Tieren
Das war das Paradies

Der Traum ist aus
Der Traum ist aus
Aber ich werde alles geben
Dass er Wirklichkeit wird
Aber ich werde alles geben
Dass er Wirklichkeit wird

Ich hab geträumt, der Krieg wär vorbei
Du warst hier und wir waren frei
Und die Morgensonne schien
Alle Türen waren offen, die Gefängnisse leer
Es gab keine Waffen und keine Kriege mehr
Das war das Paradies

Der Traum ist aus
Der Traum ist aus
Aber ich werde alles geben
Dass er Wirklichkeit wird
Aber ich werde alles geben
Dass er Wirklichkeit wird

Gibt es ein Land auf der Erde
Wo der Traum Wirklichkeit ist
Ich weiß es wirklich nicht
Ich weiß nur eins und da bin ich sicher
Dieses Land ist es nicht
Dieses Land ist es nicht
Dieses Land ist es nicht
Dieses Land ist es nicht

Der Traum ist ein Traum, zu dieser Zeit
Doch nicht mehr lange, mach dich bereit
Für den Kampf um's Paradies
Wir haben nichts zu verlieren außer unserer Angst
Es ist unsere Zukunft, unser Land
Gib mir deine Liebe, gib mir deine Hand

Der Traum ist aus
Der Traum ist aus
Aber ich werde alles geben
Dass er Wirklichkeit wird
Aber ich werde alles geben
Dass er Wirklichkeit wird

Ich geh dir nach

Rainer Maria Rilke

Ich geh dir nach, wie aus der dumpfen Zelle
ein Halbgeheilter schreitet: in der Helle
mit hellen Händen winkt ihm der Jasmin.
Ein Atemholen hebt ihn von der Schwelle, –
er tastet vorwärts: Welle schlägt um Welle
der großbewegte Frühling über ihn.

Ich geh dir nach in tiefem Dirvertrauen.
Ich weiß deine Gestalt durch diese Auen
vor meinen ausgestreckten Händen gehn.
Ich geh dir nach, wie aus des Fiebers Grauen
erschreckte Kinder gehn zu lichten Frauen,
die sie besänftigen und Furcht verstehn.

Ich geh dir nach. Wohin dein Herz mich führe
frag ich nicht nach. Ich folge dir und spüre
wie alle Blumen deines Kleides Saum ..

Ich geh dir nach auch durch die letzte Türe,
ich folge dir auch aus dem letzten Traum ...

Würde der Frauen

Friedrich Schiller

Ehret die Frauen! sie flechten und weben
Himmlische Rosen ins irdische Leben,
Flechten der Liebe beglückendes Band,
Und in der Grazie züchtigem Schleier
Nähren sie wachsam das ewige Feuer
Schöner Gefühle mit heiliger Hand.

Ewig aus der Wahrheit Schranken
Schweift des Mannes wilde Kraft;
Unstet treiben die Gedanken
Auf dem Meer der Leidenschaft;
Gierig greift er in die Ferne,
Nimmer wird sein Herz gestillt;
Rastlos durch entlegne Sterne
Jagt er seines Traumes Bild.

Aber mit zauberisch fesselndem Blicke
Winken die Frauen den Flüchtling zurücke,
Warnend zurück in der Gegenwart Spur.
In der Mutter bescheidener Hütte
Sind sie geblieben mit schamhafter Sitte,
Treue Töchter der frommen Natur.

Feindlich ist des Mannes Streben,
Mit zermalmender Gewalt
Geht der wilde durch das Leben,
Ohne Rast und Aufenthalt.
Was er schuf, zerstört er wieder,
Nimmer ruht der Wünsche Streit,
Nimmer, wie das Haupt der Hyder
Ewig fällt und sich erneut.

Aber zufrieden mit stillerem Ruhme,
Brechen die Frauen des Augenblicks Blume,
Nähren sie sorgsam mit liebendem Fleiß,
Freier in ihrem gebundenen Wirken,
Reicher, als er, in des Wissens Bezirken
Und in der Dichtung unendlichem Kreis.

Streng und stolz, sich selbst genügend,
Kennt des Mannes kalte Brust,
Herzlich an ein Herz sich schmiegend,
Nicht der Liebe Götterlust,
Kennet nicht den Tausch der Seelen,
Nicht in Tränen schmilzt er hin;
Selbst des Lebens Kämpfe stählen
Härter seinen harten Sinn.

Aber wie leise vom Zephyr erschüttert,
Schnell die äolische Harfe erzittert,
Also die fühlende Seele der Frau.
Zärtlich geängstigt vom Bilde der Qualen,
Wallet der liebende Busen, es strahlen
Perlend die Augen von himmlischem Tau.

In der Männer Herrschgebiete
Gilt der Stärke trotzig Recht;
Mit dem Schwert beweist der Skythe,
Und der Perser wird zum Knecht.
Es befehden sich im Grimme
Die Begierden wild und roh,
Und der Eris rauhe Stimme
Waltet, wo die Charis floh.

Aber mit sanft überredender Bitte
Führen die Frauen den Zepter der Sitte,
Löschen die Zwietracht, die tobend entglüht,
Lehren die Kräfte, die feindlich sich hassen,
Sich in der lieblichen Form zu umfassen,
Und vereinen, was ewig sich flieht.

Lass uns nicht mehr lange warten

Ulrich Maske

Meine Sätze werden länger
Die Ampel springt auf rot
Und ich werde immer ernster
Doch du lachst dich lieber tot
Gedanken sind Gedanken
Die Karawane steht
Und wir reden über Bäume
So lange das noch geht

Dann beginne ich zu schweigen
Jetzt sagst du mir vor
Wirst dabei immer ernster
Und ich lache dir ins Ohr
Schon hat hinter unserem Rücken
Der Hahn zum dritten Mal gekräht
Komm, wir reden über Bäume
Auch wenn der Wind jetzt stärker weht

Ist es noch Frühling
Oder ist es schon zu spät?
Ist das der Sommer
Der zu schnell zu Ende geht?
Ist wieder Herbst
Lang und schwer?
Und – ist das Liebe?
Dann gib mir mehr!

Bald geht die Sonne langsam unter
Auch der Film ist nicht, wie er war
Und wir sehn uns in die Augen
Bisschen verrückt und doch ganz klar
Und wir reden, reden, reden
Worte, die nur wir verstehn
Manche Bäume wachsen langsam
Wenn die rauen Stürme wehn

Es schneiet keine roten Rosen
Regnet keinen kühlen Wein
Lass uns nicht mehr lange warten
Morgen schon soll's anders sein
Lass Computer heiß sich laufen
Lass den Hahn sich heiser krähn
Küss mich, und wir wolln zusammen
Wieder auf die Straßen gehen

Ist es noch Frühling
Oder ist es schon zu spät?
Ist das der Sommer
Der zu schnell zu Ende geht?
Ist wieder Herbst
Lang und schwer?
Und – ist das Liebe?
Dann gib mir mehr!

Sachliche Romanze

Erich Kästner

Als sie einander acht Jahre kannten
(und man darf sagen: sie kannten sich gut),
kam ihre Liebe plötzlich abhanden.
Wie andern Leuten ein Stock oder Hut.

Sie waren traurig, betrugen sich heiter,
versuchten Küsse, als ob nichts sei,
und sahen sich an und wussten nicht weiter.
Da weinte sie schließlich. Und er stand dabei.

Vom Fenster aus konnte man Schiffen winken.
Er sagte, es wäre schon Viertel nach vier
und Zeit, irgendwo Kaffee zu trinken.
Nebenan übte ein Mensch Klavier.

Sie gingen ins kleinste Café am Ort
und rührten in ihren Tassen.
Am Abend saßen sie immer noch dort.
Sie saßen allein, und sie sprachen kein Wort
und konnten es einfach nicht fassen.

Teurer Freund, du bist verliebt

Heinrich Heine

Teurer Freund, du bist verliebt,
Und dich quälen neue Schmerzen;
Dunkler wird es dir im Kopf,
Heller wird es dir im Herzen.

Teurer Freund, du bist verliebt,
Und du willst es nicht bekennen,
Und ich seh des Herzens Glut
Schon durch deine Weste brennen.

Trennung

Erich Fried

Der erste Tag war leicht
der zweite Tag war schwerer
Der dritte Tag war schwerer als der zweite

Von Tag zu Tag schwerer:
Der siebente Tag war so schwer
dass es schien er sei nicht zu ertragen

Nach diesem siebenten Tag
sehne ich mich
schon zurück

Erwartung

Joseph von Eichendorff

O schöne, bunte Vögel,
Wie singt ihr gar so hell!
O Wolken, luft'ge Segel,
Wohin so schnell, so schnell?

Ihr alle, ach, gemeinsam
Fliegt zu der Liebsten hin,
Sagt ihr, wie ich hier einsam
Und voller Sorgen bin.

Im Walde steh' und laur' ich,
Verhallt ist jeder Laut,
Die Wipfel nur wehn schaurig,
O komm, Du süße Braut!

Schon sinkt die dunkelfeuchte
Nacht rings auf Wald und Feld,
Des Mondes hohe Leuchte
Tritt in die stille Welt.

Wie schauert nun im Grunde
Der tiefsten Seele mich!
Wie öde ist die Runde
Und einsam ohne dich!

Was rauscht? – *Sie* naht von ferne! –
Nun, Wald, rausch' von den Höh'n,
Nun lass Mond, Nacht und Sterne
Nur auf und untergehn!

Abschied

Else Lasker-Schüler

Ich wollte dir immerzu
Viele Liebesworte sagen;

Nun suchst du ruhlos
Nach verlorenen Wundern.

Aber wenn meine Spieluhren spielen,
Feiern wir Hochzeit.

– O deine süßen Augen
Sind meine Lieblingsblumen;

Und dein Herz ist mein Himmelreich;
Lass mich hineinschau'n.

Du bist ganz aus glitzernder Minze
Und so weich versonnen .....

Ich wollte dir immerzu
Viele Liebesworte sagen, –

Warum tat ich das nicht?

Wie der süße Apfel sich rötet
An der Spitze des Astes
Ganz oben über dem höchsten
Vergaßen ihn die Apfelpflücker?
Nein, sie vergaßen ihn nicht
Sie konnten ihn nur nicht erreichen

Sappho

Autor*innen

Ausländer, Rose
*11.05.1901 Czernowitz, Österreich-Ungarn
†03.01.1988 Düsseldorf

Ayim, May
*03.05.1960 Hamburg
†09.08.1996 Berlin

Bachmann, Ingeborg
*25.06.1926 Klagenfurt am Wörthersee, Österreich
†17.10.1973 Rom

Ball, Hugo
*22.02.1886 Pirmasens
+14.09.1927 Sant'Abbondio-Gentilino, Schweiz

Balz, Bruno
*06.10.1902 Berlin
†14.03.1988 Bad Wiessee
Bruno Balz gehört zu den erfolgreichsten deutschen Liedtextern, der mit seinen mehr als eintausend Liedern maßgeblich zur deutschen Filmgeschichte beigetragen und Stars wie Zara Leander zum großen Durchbruch verholfen hat. Trotz seines Erfolgs wurde Balz wegen seiner Homosexualität auf die »rosa Liste« der Nationalsozialisten gesetzt und verfolgt. Viele seiner Liedtexte, wie *Kann denn Liebe Sünde sein?*, gelten als systemkritisch. Auch nach dem Krieg musste Balz seine Homosexualität wegen des §175 weiter verstecken. Er lebte lange in einer Scheinehe, bis er seinen Lebensgefährten Jürgen Draeger kennenlernte, mit dem er bis zu seinem Tod liiert war.
Das Bruno-Balz-Archiv mitsamt seines Nachlasses wird von Claudio Maniscalco verwaltet (www.Bruno-Balz.com).

Borchert, Wolfgang
*20.05.1921 Hamburg
†20.11.1947 Basel
Bereits als Kind verfasste Wolfgang Borchert erste Gedichte. In jungen Jahren nahm er Schauspielunterricht und zog anschließend mit einer Wanderbühne durchs Land. Gleichzeitig begann er, erste Gedichte zu veröffentlichen. Im Juni 1941 wurde Borchert zum Kriegsdienst eingezogen. Als ihm der Mittelfinger aufgrund einer Schussverletzung amputiert werden musste, warf man ihm Selbstverstümmelung vor. Daraufhin wurde er inhaftiert und nach seiner Entlassung nach Jena versetzt. Aufgrund von Erkrankungen wurde er letztendlich vom Kriegsdienst befreit. Es folgte eine weitere Verhaftung Borcherts, da er als Kabarettist mit einer Parodie auf Joseph Goebbels auftrat. Aus der Haft ging es erneut an die Front, bis er schließlich schwer krank zurückkehrte. Kurz vor seinem Tod verfasste er das Heimkehrerdrama *Draußen vor der Tür*. Obwohl Borchert nur 26 Jahre alt wurde, zählt er zu den profiliertesten

Schriftstellern der Nachkriegsliteratur.

Brecht, Bertolt
*10.02.1898 Augsburg
†14.08.1956 Ost-Berlin

Bürger, Gottfried August
*31.12.1747 Molmerswende, Mansfeld
†08.06.1794 Göttingen

Claudius, Matthias
*15.08.1740 Reinfeld
†21.01.1815 Hamburg

Degenhardt, Franz Josef
*03.12.1931 Schwelm
†14.11.2011 Quickborn
Franz Josef Degenhardt war ein deutscher Liedermacher und Schriftsteller, dessen Repertoire lyrische Lieder ebenso umfasste wie Protestsongs, Grotesken, Parodien, Liebes- und Trinkballaden oder Lieder übers Leben und Kämpfen. Neben 30 Langspielplatten veröffentlichte er diverse Romane wie *Zündschnüre* (1973) und *Brandstellen* (1975). Große Bekanntheit erlangte Franz Josef Degenhardt bereits 1965 mit dem Album *Spiel nicht mit den Schmuddelkindern*. Er war Mitglied des deutschen PEN-Zentrums sowie korrespondierendes Mitglied der Akademie der Künste der DDR.

Domin, Hilde
*27.07.1909 Köln
†22.02.2006 Heidelberg

von Droste-Hülshoff, Annette
*12.01.1797 Münster
†24.05.1848 Meersburg

von Eichendorff, Joseph
*10.03.1788 Ratibor, Schlesien
†26.11.1857 Neiße, Schlesien

Ertan, Semra
*31.05.1956 Mersin, Türkei
†26.05.1982 Hamburg
Semra Ertan war die Tochter türkischer Gastarbeiter, die in Kiel und Hamburg lebten. Mit vierzehn Jahren zog sie ebenfalls aus der Türkei nach Deutschland, wo sie eine Ausbildung absolvierte, ehrenamtlich als Dolmetscherin arbeitete und sich der Lyrik widmete. Sie verfasste über 350 Gedichte und politische Satiren. Am 23. Mai 1982 rief Ertan beim NDR und ZDF an und kündigte ihre Absicht an, aus Protest gegen die zunehmende Ausländerfeindlichkeit in Deutschland Suizid durch Selbstverbrennung zu begehen. In den frühen Morgenstunden des nächsten Tags setzte sie ihre Pläne im Hamburger Stadtteil St. Pauli in die Tat um und erlag ihren Verletzungen zwei Tage später im Krankenhaus.

von Goethe, Johann Wolfgang
*28.08.1749 Frankfurt am Main
†22.03.1832 in Weimar

von Günderrode, Karoline
*11.02.1780 Karlsruhe
†26.07.1806 Oestrich-Winkel

Fried, Erich
*06.05.1921 Wien, Österreich
†22.11.1988 Baden-Baden

Hahn, Ulla
*30.04.1945 Brachthausen
Erste Gedichte veröffentlichte Ulla Hahn in den 1970er Jahren. Bekannt als Lyrikerin ist sie seit Anfang der 1980er Jahre. Seit 1990 veröffentlicht sie zudem Romane, Erzählungen und Essays. Zuletzt erschien 2021 der Lyrikband *stille trommeln* und 2022 der Roman *Tage in Vitopia*. 2023 wurde der Gedichtzyklus *An einem klaren Tag*, Komposition: Sean Shepherd, in der Carnegie Hall, New York City, uraufgeführt.

Heine, Heinrich
*13.12.1797 Düsseldorf
†17.02.1856 Paris

von Hofmannsthal, Hugo
*01.02.1874 Wien
†15.07.1929 Wien

Hollaender, Friedrich
*18.10.1896 London
†18.01.1976 München
Auch als Frederick Hollander bekannt, war Friedrich Hollaender ein deutscher Komponist, Kabarettist und Musikdichter. Bereits als Kind war er begeisterter Klavierspieler, später wurde er Meisterschüler am Stern'schen Konservatorium. Nach dem ersten Weltkrieg begann er, Filmmusik zu komponieren, darunter das noch heute bekannte, von Marlene Dietrich im Film *Der blaue Engel* gesungene *Ich bin von Kopf bis Fuß auf Liebe eingestellt*. Wegen seiner jüdischen Abstammung ging Hollaender 1933 nach Amerika ins Exil, wo er seine Karriere als Filmkomponist erfolgreich fortsetzte. 1955 kehrte er nach Deutschland zurück und ließ sich in München nieder, wo er seine Leidenschaft zum Kabarett wiederfand, die er auslebte, bis er 1976 verstarb.

Huch, Ricarda
*18.07.1864 Braunschweig
†17.11.1947 Schönberg im Taunus

Kaléko, Mascha
*07.06.1907 Chrzanów, Österreich-Ungarn
†21.01.1975 Zürich
Kaléko wurde als Tochter eines jüdisch-russischen Kaufmanns geboren. Ihre Mutter floh bei Ausbruch des Ersten Weltkrieges mit ihr und ihrer Schwester nach Deutschland, wo ihr Vater als ›feindlicher Ausländer‹ inhaftiert wurde. Ab 1918 lebte die Familie in Berlin. In den 1920er Jahren fand Kaléko im Romanischen Café Anschluss an die künstlerische Avantgarde der Stadt. 1935 erhielt sie aufgrund ihrer jüdischen Herkunft Berufsverbot und floh mit ihrem Sohn und ihrem zweiten Ehemann 1938 nach New York (USA). 1957 kehrte sie nach Westdeutschland zurück, wanderte

aber kurz darauf nach Jerusalem aus. 1975 verstarb die Großstadtlyrikerin Mascha Kaléko in Zürich.

Kaschnitz, Marie Luise
*31.01.1901 Karlsruhe
†10.10.1974 Rom

Kästner, Erich
*23.02.1899 Dresden
†29.07.1974 München

Klabund
*04.11.1890 Krosno Odrzańskie, Polen
†14.08.1928 Davos

Kolmar, Gertrud
*10.12.1894 Berlin
†vermutlich Anfang März 1943 Auschwitz

Kurz, Isolde
*21.12.1853 Stuttgart
†06.04.1944 Tübingen

Lasker-Schüler, Else
*11.02.1869 Elberfeld
†22.01.1945 Jerusalem

Maske, Ulrich
*1950 Hannover

Mayröcker, Friederike
*20.12.1924 Wien
†04.06.2021 Wien

Morgenstern, Christian
*06.05.1871 München
†31.03.1914 Untermais, Österreich-Ungarn

Reiser, Rio
*09.01.1950 Berlin
†20.08.1996 Stadum
Mit bürgerlichem Namen Ralph Christian Möbius, wurde Reiser 1950 als Kind eines Ingenieurs in Berlin geboren. Er begeisterte sich schon früh für Musik. Mit seinem Freund R. P. S. Lanrue und mit Kai Sichtermann sowie Wolfgang Seidel gründete Reiser im Jahr 1970 die Band *Ton Steine Scherben*. Die hauptsächlich von Reiser geschriebenen Texte richteten sich gegen herrschende Strukturen und Mentalitäten. Reiser starb 1996 unerwartet im Alter von 46 Jahren an den Folgen seiner Alkoholkrankheit.

Rilke, Rainer Maria
*04.12.1875 Prag
†29.12.1926 Valmont bei Montreux, Schweiz

Ringelnatz, Joachim
*07.08.1883 Wurzen
†17.11.1934 Berlin

Schiller, Friedrich
*10.11.1759 Marbach am Neckar
†09.05.1805 Weimar

Schwitters, Kurt
*20.06.1887 Hannover
†08.01.1948 in Kendal, England

Trakl, Georg
*03.02.1887 Salzburg
†03.11.1914 Krakau

Uhland, Ludwig
*26.04.1787 Tübingen
†13.11.1862 Tübingen
Johann Ludwig Uhland, genannt Ludwig, war deutscher Dichter, Jurist und Politiker. Neben seiner Tätigkeit als Jurist galt Uhlands Leidenschaft der Literatur und Poesie, welcher er sich sein Leben lang durch die Veröffentlichung von Gedichten und Schauspielen, oft von gesellschaftskritischen und politischen Kommentaren durchzogen, widmete. Nach einer Anstellung als Professor an der Universität Tübingen wurde Uhland 1832 zum liberalen Abgeordneten des neuen, württembergischen Landtags und 1849 Abgeordneter der Frankfurter Nationalversammlung, dem ersten gesamtdeutschen Parlament. Heute gilt Uhland dank seiner Balladen und Gedichte als einer der bedeutendsten Vertreter der schwäbischen Romantik.

Zarnack, August
*21.09.1777 Mehmke
†11.06.1827 Potsdam

Bibliographische Nachweise

Rose Ausländer: »Liebe VI (Wir werden uns wiederfinden)«
aus: Rose Ausländer, Gesammelte Werke. Wieder ein Tag aus Glut und Wind. Hrsg. Von Helmut Braun. © S. Fischer Verlag GmbH, Frankfurt am Main 1986. Abdruck mit freundlicher Genehmigung.

May Ayim: »sehnsucht«
aus: May Ayim, blues in schwarz weiss / nachtgesang Münster UNRAST Verlag 2021, 2. Auflage 2022 © UNRAST Verlag

Ingeborg Bachmann: »Erklär mir, Liebe«
aus: Ingeborg Bachmann, Werke, Bd. 1. Gedichte © 1978 Piper Verlag GmbH, München

Bruno Balz: »Kann denn Liebe Sünde sein?«
© Claudio Maniscalco, Verwalter des Bruno Balz-Nachlasses

Bertolt Brecht: »Liebeslieder«
aus: Bertolt Brecht, Das große Brecht-Liederbuch. Herausgegeben und kommentiert von Fritz Hennenberg. © Bertolt-Brecht-Erben / Suhrkamp Verlag Frankfurt am Main 1985. Alle Rechte bei und vorbehalten durch Suhrkamp Verlag Berlin AG.

Franz Josef Degenhardt: »Manchmal, dann sagst du mir« und »Zwischen zwei Straßenbahnen«
© Degenhardt-Erben 2015, erschienen auf dem Album Rumpelstilzchen (1963), wie das musikalische Gesamtwerk Franz Josef Degenhardts bei Universal Music verfügbar.

Domin, Hilde: »Magere Kost« und »Zweifel«
aus: Hilde Domin, Gesammelte Gedichte © 1987, S. Fischer Verlag GmbH, Frankfurt am Main. Abdruck mit freundlicher Genehmigung.

Semra Ertan: »Begegnung«
aus: Semra Ertan, Mein Name ist Ausländer
© edition assemblage, Zühal Bilir-Meier, Cana Bilir-Meier

Erich Fried: »Trennung«
aus: Erich Fried, Liebesgedichte
© 1979, 1995, 2007 Verlag Klaus Wagenbach, Berlin
»Was es ist«
aus: Erich Fried, Es ist was es ist. Liebesgedichte Angstgedichte Zorngedichte
© 1983, 1996, 2007 Verlag Klaus Wagenbach, Berlin

Ulla Hahn: »Nie mehr«
aus: Ulla Hahn, Gesammelte Gedichte

Friedrich Hollaender: »Ich bin von Kopf bis Fuß auf Liebe eingestellt«

Mascha Kaléko: »Jugendliebe a. D. «, »Sonett in Dur«, »Ich und Du«, »Weil du nicht da bist«
aus: Mascha Kaléko, Liebesgedichte.

Marie Luise Kaschnitz: »Maß der Liebe«
aus: Marie Luise Kaschnitz, Neue Gedichte. Claassen Verlag, 1957

Erich Kästner: »Sachliche Romanze«
aus: Lärm im Spiegel.

Ulrich Maske: »Blaue Augen«, »Der Wolf und die Schwalbe«, »Du und ich und ich und du«, »Geheimnisse«, »In dunkler Nacht«, »Lass uns nicht mehr lange warten«, »Nacht«, »Spät kommt das Schiff« und »Wenn der Mond mit großer Sehnsucht«

Friederike Mayröcker: »Trinken«
aus: Gesammelte Gedichte 1939-2003. Herausgegeben von Marcel Beyer.

Rio Reiser: »Für immer und Dich«

Song No: 222887
»Der Traum ist aus«
Musik und Text: Ralph Möbius

Bibel »Das Hohelied der Liebe (1. Korinther 13) «
aus: Einheitsübersetzung der Heiligen Schrift